변신

이음문고

목차

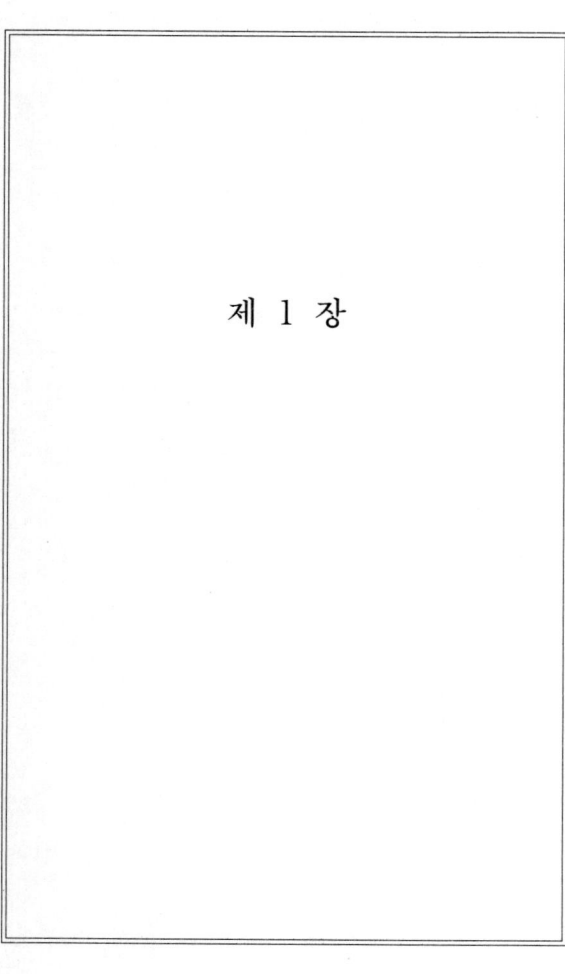

제 1 장

*

어느 날 아침, 악몽으로 뒤척이다 잠에서 깨어난 그
레고르 잠자는 침대에 누운 자신이 보기에도 흉측한
벌레로 변했다는 사실을 알았다. 바닥에 대고 누운
등은 등딱지처럼 딱딱했고, 머리를 살짝 들어 올리자
갈색 배가 보였는데, 딱딱한 마디들이 맞물려 활처럼
휘어진 배는 살짝 부풀었다. 배에 비해 너무 작은 이
불은 몸뚱이를 가리지 못하고 금방이라도 미끄러져
내릴 듯이 보였다. 거대한 몸에 비해 궁상맞을 정도
로 가느다란 수많은 다리가 버둥대는 모습은 처량해
보일 지경이었다.

"이게 무슨 일이지?"

꿈이 아니었다. 지나치게 좁은 감이 있지만 익숙한 네 벽으로 아늑하게 둘러싸인 이곳은 분명히 자신의 방, 바로 사람의 방이었다. 탁자에는 출장영업사원인 잠자가 취급하는 섬유 견본이 펼쳐져 있었다. 탁자 위 벽으로 시선을 돌리자 며칠 전 그가 잡지에서 오려 멋들어진 금박 액자에 넣은 그림이 보였다. 털모자를 쓴 여인이 모피 목도리를 두르고 꼿꼿이 앉아서 팔꿈치 아래쪽을 전부 감싼 두툼한 모피 토시를 화면 바깥으로 들어 올린 그림이었다.

그레고르는 창문으로 눈길을 돌려 바깥 날씨를 확인했다. 빗물받이 위로 떨어지는 빗방울 소리가 들리자 기분이 울적해졌다.

"좀 더 자면서 이런 말 같지도 않은 상황을 잊어버리는 게 낫겠어."

그는 이렇게 생각했지만 도저히 잘 수가 없었다. 원래 오른쪽으로 누워 자는데, 지금 상태로는 그럴 수가 없었던 것이다. 몸을 오른쪽으로 돌리려고 아무리 애써도 결국 원래 상태로 돌아와버렸다. 그러기를 백 번쯤 했을까, 그는 허우적거리는 다리들을 보지 않으려고 눈을 감았다. 그러다 이제까지 한 번도 느껴보지 못한 둔탁한 통증이 느껴지기 시작했고, 결국 움직이기를 그만두었다.

"아, 진짜, 나는 왜 이렇게 힘든 일을 하겠다고 했을까! 매일같이 출장을 다녀야 하다니. 회사에 앉아서 일하는 것보다 스트레스가 훨씬 크잖아. 게다가 여행은 피곤한 일이란 말이야. 다음 편 기차가 언제인지도 신경 써야 하고, 제대로 된 음식도 아닌 음식조차 제때 먹지 못하고, 만나는 사람이 항상 바뀌니 인간 관계가 오래가지도 못할뿐더러 서로 친해지지도 못해. 전부 다 집어치웠으면 좋겠어, 제길!"

그때 배 위쪽이 좀 가려워졌다. 그래서 머리를 좀 더 쉽게 들 수 있도록 침대 머리맡 쪽으로 천천히 등을 밀었다. 그런 다음 가려운 곳을 봤더니 뭔지 모르겠는 조그마한 흰 점이 무수히 나 있었다. 다리 하나를 뻗어 그 부분을 건드려보았지만 이내 다리를 접었다. 건드리는 순간 소름이 쫙 끼쳤던 것이다.

그는 몸을 미끄러뜨려 원래 자리로 돌아갔다.

"아침 일찍 일어나서 정신이 없는 거야. 사람은 제대로 잠을 자야 해. 사무실 직원들은 아주 부잣집 자녀들인 양 사는데…. 내가 아침 일찍 일어나 거래계약서를 한 부 더 만들려고 오전에 숙소에 들어가면 그들은 그제야 아침을 먹고 있다니까. 내가 그랬어봐. 당장에 잘렸을걸. 하지만 그렇게 잘리는 게 나한테는 그다지 나쁜 일이 아닐지도 몰라. 부모님만 아니면 벌써 그만뒀을 텐데. 사장 앞에서 마음속에 있는 말을 다 했을 거라고. 그러면 사장은 사무실 책상에서 굴러떨어졌겠지! 직원을 불러놓고 자기는 책상에 앉아서 내려다보며 이야기하는 게 그 사람 특유의 방식이니까. 귀까지 안 들리니 직원이 사장한테 가까이 가야 하잖아. 뭐, 그래도 아직 희망이 아주 없는 건 아니야. 일단 부모님이 사장한테 빌린 돈만 모으면 돼. 아직 5, 6년은 더 있어야겠지만. 그때는 반드시 말할 거야. 그러면 엄청난 전환점이 되겠지. 일단은 일어나야겠다. 기차가 5시에 있으니까."

이윽고 그는 서랍장 위에서 재깍거리는 자명종 시계를 보았다.

"말도 안 돼!"

벌써 6시 반이었다. 아니, 시곗바늘은 태평하게도 앞으로 기울어져서 6시 반을 넘어 벌써 45분에 가까워지고 있었다. 알람이 안 울렸단 말이야? 침대에서 본 시계는 정확히 4시에 바늘이 맞추어졌으니 확실히 그 시간에 울렸을 것이다. 아니, 가구가 울리도록 요란하게 울리는 알람 소리를 듣지 못할 만큼 푹 자는 게 가능하다고? 뭐, 확실히 편안하게 자지는 못했지만, 그래서 오히려 너무 깊이 잠들 수도 있었겠지. 그럼 이제 어쩌지? 다음 기차는 7시에 있는데, 그걸 타려면 지금 정신없이 서둘러야 하는데 아직 견본 상품을 싸놓지도 않았다. 게다가 지금 몸이 그다지 상쾌하고 개운한 것도 아니다. 만에 하나 그 기차를 탄다 하더라도 사장의 불호령은 피할 수가 없다. 회사 사환이 5시 기차를 타는 자리에서 기다리다 그가 결근했다고 벌써 보고했을 테니까. 사장의 앞잡이일 뿐 줏대도 없고 이해심도 없는 녀석이다. 그럼 어쩌지. 아프다고 할까? 하지만 그렇게 말하기는 정말 내키지 않는 데다 효과가 있을 것 같지도 않았다. 그레고르는 지난 5년간 아파서 빠진 적이 한 번도 없기 때문이다. 아프다고 하면 사장은 분명히 보험 회사에서 근무하는 의사를 데려올 거고, 게으른 자식을 두었다고 부모님을 욕하겠지. 그 의사가 오면 아무리 아프다고 해 봤자 통하지 않을 거다. 그 의사한테는 진짜 아픈 게 아니라 어딜 봐도 건강한데 꾀병을 부리는 걸로밖에 보이지 않을 테니까. 하지만 지금 같은 경우라면 의사의 꾀병 진단이 완전히 틀렸다고 할 수 있을까? 사실 그레고르는 오랜 시간 잔 탓에 좀 멍한 느낌은 있지만 몸 상태도 괜찮고 평상시보다 더 심하게 배가 고팠다.

이런저런 생각을 재빨리 하면서도 아직 침대에서 일어나야겠다는 결정을 내리지 못하고 있는데 갑자기 시계가 6시 45분을 쳤다. 그리고 침대 머리맡 쪽에 있는 문을 똑똑 두드리는 소리가 났다.

"그레고르." 엄마가 부르는 소리였다. "벌써 6시 45분이야. 너 안 갈 거니?"

엄마의 목소리는 참 부드럽구나! 그런데 대답하는 자신의 목소리를 듣고 그레고르는 기겁을 했다. 마치

저 아래에서 고통스럽게 새어나와 제어가 안 된 듯 뒤섞여버린 그 소리는 예전의 목소리라고 생각하기 힘들었다. 말하는 단어는 언뜻 듣기에 제대로 나오는 것 같았지만 단어를 끝맺는 울림이 분명치 않아서 과연 제대로 들릴지 알 수 없을 정도였다.

그레고르는 분명하게 대답하고 이 상황을 전부 다 설명하고 싶었지만 지금 상태로는 그저 이렇게 말할 수밖에 없었다. "네, 알았어요, 어머니. 일어날게요."

나무문 너머로는 그레고르의 목소리가 변했다는 걸 잘 알아들을 수 없는 모양이었다. 어머니는 대답을 듣자 안심하고서 발을 끄는 소리를 내며 사라졌다. 하지만 당연히 출발한 줄 알았던 그레고르가 아직 집에 있다는 걸 다른 식구들도 알아차리고 말았다. 아버지가 다른 쪽 방문을 두드리고 있었다. 큰 소리는 아니지만 주먹으로 두드리는 소리였다.

"그레고르, 그레고르, 어떻게 된 거냐?" 잠시 후 아버지는 굵은 목소리로 다시 대답을 재촉했다. "그레고르! 그레고르!"

또 다른 쪽 방문에서도 여동생이 조용하게 부르는

소리가 들렸다. "그레고르 오빠? 오빠, 괜찮아? 혹시 뭐 필요한 거 있어?"

그레고르는 양쪽 문을 향해 대답했다. "다 되어 가요."

그는 단어 하나하나마다 사이를 길게 띄워가며 주의 깊게 발음해서 목소리가 이상하다는 낌새를 주지 않으려고 애썼다.

아버지는 아침을 먹으러 갔지만 여동생은 계속 속삭였다. "그레고르 오빠, 문 좀 열어봐. 제발 부탁이야."

하지만 그레고르는 문을 열어줄 마음이 전혀 없었다. 여행하면서 조심하는 습관이 생긴 덕에 집에서도 잠들기 전에 방문을 모두 잠가놓아서 참 다행이라고 생각했다.

이제 그만 남의 방해를 받지 않고 조용히 일어나고 싶었다. 옷을 입고, 무엇보다 아침을 먹고 나서 다음 일을 생각하는 거다. 침대에서 아무리 깊게 생각해본들 제대로 된 결론을 내릴 수 없다는 건 이미 알고 있었다. 예전에도 잠자리가 불편해서 몸이 찌뿌둥한 적이 여러 번 있었다. 하지만 일단 일어나면 언제 몸이 불편했냐는 듯이 괜찮아지곤 했다. 오늘의 이런 망상 역시 점차 사라져갈 거라고 호기롭게 생각했다. 목소리가 변한 것도 그냥 호된 감기가 오려는 신호일 뿐이야. 이건 출장영업사원의 직업병일 뿐 별것 아니라고 한 치의 의심도 두지 않았다.

이불을 걷어버리는 건 아주 쉬웠다. 그냥 불룩하게 숨을 좀 쉬니까 이불이 알아서 떨어졌다. 하지만 그다음부터가 어려웠다. 그의 몸이 지나치게 넓적했기 때문이었다. 몸을 일으키려면 손과 팔이 있어야 했는데 지금은 그게 아니라 조그맣고 무수한 다리만 있을 뿐이었다. 그 다리란 것도 사방으로 계속해서 움직이기만 할 뿐 어떻게 제어할 수도 없었다. 다리 하나를 구부려보려고 했지만 다리는 구부러졌다가 도로 펴져 버렸다. 그러기를 수차례 거듭하다 마침내 다리를 원하는 대로 구부리면 그동안 다른 다리들이 제어가 안 된 채로 심하게 버둥거렸다.

"이거 침대에 있어봐야 소용없겠는데." 그레고르는 혼잣말을 하며 우선 하반신을 침대 밖으로 끌어내려고 했다. 하지만 그 하반신을 한 번도 본 적이 없는 데다 어떻게 생긴 것인지 상상조차 되지 않았다.

게다가 하반신을 움직이기란 아주 어려웠다. 하반신이 너무 천천히 움직였던 것이다. 결국 참을 수 없을 정도로 화가 난 그는 별생각 없이 있는 힘을 다해 앞으로 몸을 쑥 밀었는데, 방향을 잘못 잡아서 그만 침대 발치 기둥에 세게 부딪히고 말았다. 그는 타는 듯한 통증을 느끼고서야 하반신이 몸에서 가장 예민한 부분이라는 사실을 깨달았다.

그래서 이번에는 상반신을 침대 밖으로 내보내려고 했다. 그는 조심스럽게 머리를 침대 가장자리로 돌렸다. 이번에는 움직이기 쉬웠다. 몸이 넓고 묵직하긴 했지만 몸뚱이도 점차 머리 방향으로 따라왔다. 하지만 머리가 침대 밖으로 나가 허공에 뜨자 계속 앞으로 몸을 밀고 가는 게 무서워졌다. 이런 식으로 계속 가다간 결국 떨어지고 말 텐데, 그러면 머리를 다치지 않는 게 기적일 터였다. 지금은 무슨 수를 써서라도 정신을 잃으면 안 된다. 정신을 잃으니 차라리 침대에 있는 게 낫지.

하지만 아까와 같은 자세로 다시 눕는 것도 일어나려 했던 것만큼 힘들어서 탄식이 나올 정도였다.

그는 작은 다리가 전보다도 심하게 버둥대는 모습을 또다시 바라보며, 다리가 이렇듯 제멋대로인 상태에서는 평온과 질서를 찾을 수 없겠다고 생각했다. 침대에 계속 누워 있을 수는 없어, 아무리 가능성이 적더라도 무슨 수를 쓰든 침대에서 빠져나오는 게 현명할 거야, 라고 혼잣말을 했다. 동시에 체념한 채로 아무렇게나 결심하는 것보다는 조용히 마음을 가라앉히고 심사숙고하는 게 훨씬 낫다는 사실도 떠올렸다. 이런 생각을 하면서도 창문 쪽을 최대한 예리하게 응시했지만, 안타깝게도 바로 건너편까지 아침 안개에 뒤덮인 상태라 그 광경을 봐도 자신감이나 활력이 생기지 않았다.

"벌써 7시네." 시계가 다시 종을 치는 소리에 그는 혼잣말을 했다. "7시인데도 안개가 심하군."

그는 잠시 가만히 앉아서 조용히 숨을 내쉬었다. 완전한 정적을 통해 모든 게 자연스러운 현실로 돌아가기라도 할 것처럼 말이다.

이윽고 그는 다시 혼잣말을 했다. "7시 15분 전에는 무슨 일이 있어도 침대에서 완전히 일어나야 해.

그때쯤이면 회사에서 나한테 무슨 일이 났는지 물어
보러 올 거야. 회사는 7시 전에 문을 여니까."

잠자는 그렇게 말하는 동안에도 온몸을 흔들어 침
대에서 빠져나가려는 시도를 했다. 이런 식으로 침대
에서 떨어질 때 머리를 쑥 들어 올린다면 머리를 다
치지는 않을 것이다. 등은 딱딱해 보였다. 그러니 카
펫으로 떨어지면 별 탈 없겠지. 지금 가장 망설여지
는 부분은 떨어질 때 쿵 소리가 크게 울릴 거라는 점
이다. 그러면 문틈으로 소리가 다 들릴 텐데. 밖에 있
는 가족들이 겁을 먹지는 않더라도 분명 걱정할 거
야. 하지만 그렇다 해도 시도는 해 봐야 한다.

그레고르는 침대에서 몸을 반쯤 내보냈다. 이렇듯
새로운 시도를 하는 것은 어렵고 힘든 일이라기보다
는 오히려 놀이를 하는 기분이었다. 그저 앞뒤로 몸
을 흔들기만 하면 되었으니까. 그런데 불현듯 이런
생각이 들었다. 그냥 누가 와서 도와주면 그게 가장
간단하지 않을까? 힘센 사람 둘, 그러니까 아버지와
하녀 정도라면 충분하고도 남을 것이다. 그 둘이 둥
글게 구부린 등 아래로 손을 넣으면 그를 침대에서

들어 올릴 수 있을 거고, 그런 다음 힘을 준 채로 몸을 굽히고서 그가 바닥에 몸을 펼 때까지 조심스럽게 천천히 기다려주면 된다. 바닥에 닿으면 조그마한 다리들이 제 구실을 하겠지. 자, 문이 전부 잠겨 있기는 하지만 그래도 도와달라고 해야 하는 거 아닐까? 이런 생각을 하자 지금 힘든 상황에 놓였음에도 불구하고 슬며시 나오는 미소를 감출 수가 없었다.

그는 몸을 너무 심하게 흔드는 바람에 이제 균형을 잡을 수 없는 지경이 되었다. 그리고 5분만 있으면 벌써 7시 15분이 되는 터라 마지막 결단을 내려야 했다. 바로 그때 현관문 초인종이 울렸다.

"회사에서 누가 왔구나." 그는 혼잣말을 하고서 곧 몸이 뻣뻣하게 굳었다. 그 와중에도 작은 다리들은 더 심하게 허둥대며 춤추듯 꿈틀댔다. 잠시 동안은 사방이 고요했다.

"문을 안 여네." 그레고르는 불현듯 부질없는 희망에 사로잡힌 채 다시 혼잣말을 했다. 하지만 곧 언제나 그렇듯이 하녀가 문 쪽으로 거침없이 걸어가서 문을 열어주었다. 그레고르는 회사에서 누가 찾아왔는지

첫마디만 들어도 알 수 있었다. 지배인이 직접 온 것이다. 어째서 그레고르만이 조금만 게으름을 부려도 곧바로 엄청난 의심을 받는 회사에서 일하는 팔자가 되었단 말인가? 모든 직원이 하나같이 게을러터진 놈팡이로 보이는 건가? 그중에는 헌신을 다하는 믿을 만한 사람이 하나도 없다 이건가? 아침에 두어 시간 회사를 위해 온몸을 바치지 못했다는 사실에 양심의 가책을 느낀 나머지 얼이 빠져서 일어날 수 없었을 거란 생각은 안 하나? 이런 일은 견습생을 보내서 무슨 일인지 물어봤어도 되지 않을까? 솔직히 말하면 굳이 물어보러 찾아올 필요도 없는 일이지만, 물어봐야 한다 치더라도 지배인 본인이 직접 와야 했을까? 아무 잘못도 없는 식구들에게 뭔가 수상해서 지배인이 직접 판단해야 할 일이라는 식으로 보여야 하는 사건일까?

그레고르는 올바른 판단을 내려서라기보다는 이런저런 생각이 머릿속에서 꼬리에 꼬리를 물고 화를 돋우는 바람에 있는 힘을 다해 몸을 흔들어 침대에서 뛰어내렸다. 쿵 소리가 났지만 큰 소음은 아니었다.

카펫 덕분에 바닥에 부딪히는 소리도 좀 약했고, 그
레고르가 생각한 것보다 등에 탄력이 있어서 놀랄 만
한 소리는 나지 않았다. 다만 머리를 조심해서 쳐들
지 못해 살짝 부딪히고 말았다. 그는 화도 나고 아프
기도 해서 머리를 돌려 카펫에 비벼댔다.

"저 안에서 뭔가가 떨어졌군요." 왼쪽 방에서 지배
인이 말했다.

그레고르는 지금 자신이 겪는 것과 비슷한 일이 지
배인에게도 일어날 수 있지 않을까 상상해 보았다.
그럴 가능성이 없다고는 못 하지. 그런데 이런 의문
쯤은 대수롭지 않다고 대답하는 것처럼 옆방에 있던
지배인이 에나멜 구두를 삐걱대며 뚜벅뚜벅 몇 발짝
걸었다.

"그레고르 오빠, 지배인님이 오셨어."

"알아." 그레고르는 중얼거렸다. 하지만 동생이 들
을 수 있을 정도로 목소리를 높이지는 못했다.

"그레고르, 지배인님이 오셔서 왜 네가 새벽 기차
를 타고 떠나지 않았는지 물어보신다. 뭐라 말씀드려
야 할지 모르겠구나. 어쨌든 너랑 둘이서 이야기하고

싶어 하신다. 그러니 문을 열어드려라. 방이 좀 어질
러졌어도 너그럽게 이해해주실 거다."

"안녕하십니까, 잠자 씨." 아버지의 말이 끝나자
지배인도 친근한 목소리로 말을 걸었다.

"우리 애가 몸이 안 좋아요." 아버지가 다시 문에
다 대고 말하는 동안 어머니는 지배인에게 말을 걸
었다. "몸이 안 좋답니다. 정말이에요, 지배인님. 아
프지 않고서야 그레고르가 기차를 놓칠 리가 없지
요! 저 애는 머릿속에 회사 생각밖에 없답니다. 저녁
에도 통 밖에 나가질 않아서 제가 다 화날 지경이에
요. 오늘까지 꼬박 8일을 이 도시에 머물면서도 매
일 밤 집에만 있었답니다. 우리와 함께 테이블에 앉
아서는 조용히 신문을 읽거나 기차 시간표를 골똘
히 보았어요. 기껏해야 논다는 게 나무 세공을 하는
것이지요. 말씀드리자면 이번에 집에 있는 동안 이
틀인가 사흘 밤 들여 작은 액자를 조각했어요. 얼마
나 예쁜지 보면 놀라실 거예요. 저 방 안에 걸어놨
거든요. 그레고르가 문을 열면 바로 보실 수 있답니
다. 그나저나 지배인님이 와 주셔서 정말 기쁩니다.

우리 힘으로는 그레고르가 문을 열게 하지 못했을 거예요. 고집이 참 센 아이라서요. 틀림없이 몸이 안 좋기도 하고요. 아침에 물어봤을 때는 괜찮다고 하긴 했지만요."

"곧 갑니다." 그레고르는 조심스럽게 느릿느릿 말하고는 대화 내용을 하나도 놓치지 않으려고 꼼짝도 하지 않았다.

지배인의 목소리가 들려왔다. "아픈 게 아니라면 달리 어떻게 설명할 수 있겠습니다, 사모님. 별일 아니기를 바랍니다. 그러나 말씀드리지 않을 수 없는 게, 저희같이 영업을 하는 사람들은 상황이 좋든 나쁘든 몸이 좀 안 좋은 것쯤은 회사 사정을 생각해서 참아야 하는 경우가 아주 많습니다."

"지배인님이 네 방에 들어가셔도 되겠니?" 아버지는 참지 못하고 다시 문을 두드리며 물었다.

"아니요." 그레고르가 대답했다.

왼쪽 방에서는 숨 막히는 정적이 흘렀다. 오른쪽 방에서는 여동생이 흐느껴 울기 시작했다.

동생은 왜 부모님과 함께 있지 않은 거야? 이제야

일어나 아직 옷도 입지 않은 거군. 그런데 왜 우는 거지? 내가 일어나지 않은 채 지배인에게 들어오지 말라고 했으니 자리에서 쫓겨날까 봐? 그래서 사장이 부모님에게 옛날 빚을 다시 갚으라고 들들 볶을까 봐? 그런 걱정은 당장 할 필요도 없는데. 그레고르는 어디 간 것도 아니고, 더욱이 가족을 버릴 생각은 조금도 하지 않았다. 딱 봐도 카펫에 누워 있지 않은가. 지금 그의 상태를 아는 사람이라면 지배인을 들여보내라는 말을 진심으로 할 리가 없다. 이런 다소의 무례함은 나중에 얼마든지 적절하게 설명할 수 있는 일이라서 그레고르가 당장 회사에서 잘리는 일은 없을 것이다. 게다가 그레고르가 보기에는 지배인에게 울며불며 변명하고 귀찮게 구는 것보다 지금은 그냥 가만히 두는 편이 훨씬 나았다. 하지만 다른 식구들은 어찌 될지 모르는 상황 때문에 괴로울 테니, 저러는 것도 이해는 갔다.

이윽고 지배인이 목소리를 높여 소리쳤다. "잠자씨, 이게 무슨 일입니까? 당신은 방에 틀어박혀서네, 아니오로만 대답하며 부모님에게 걱정을 끼치고 있습니다. 게다가 말이 나왔으니 말인데 난처한 방법으로 업무상의 의무를 게을리하고 있지 않습니까? 당신 부모님과 사장님을 대신해서 말씀드립니다. 당장 제대로 설명하기를 진심으로 바랍니다. 이렇게 사람을 놀래줄 수 있는 겁니까? 침착하고 이성적인 사람인 줄 알았는데, 이제 보니 이상한 변덕을 부려대기로 작정한 것 같군요. 사실 오늘 아침에 당신이 나타나지 않은 걸 두고 사장님이 그럴듯한 추측을 하셨습니다. 최근에 당신이 맡은 수금 건과 관련이 있을 거라고요. 나는 내 명예를 걸다시피 하면서 그럴 리가 없다고 확실하게 말했습니다. 그런데 이해할 수 없이 고집스러운 태도를 보니 조금이라도 당신을 생각해줄 마음이 싹 사라지는군요. 이제 당신 자리는 보장되지 않을 겁니다. 솔직히 말해서 이런 이야기는 전부 둘만 있는 자리에서 하려고 했습니다. 하지만 당신이 여기서 내 시간을 무의미하게 빼앗았기 때문에 부모님도 이런 말을 듣지 말아야 할 이유가 없어졌어요. 최근 당신의 성과는 별로 만족스럽지 못했습니다. 물론 영업이 잘되는 시기가 아니기는 합니다.

그렇다고 영업을 할 수 없는 시기란 있을 수도 없고 있어서도 안 됩니다."

그레고르는 흥분한 나머지 모든 것을 잊고 소리를 질렀다. "지배인님! 지금 당장 문을 열겠습니다. 살짝 몸이 안 좋았습니다. 현기증이 나서 일어나기가 힘들었습니다. 아직 침대에 누워 있습니다. 하지만 다시 정신이 드는 중입니다. 이제 일어나겠습니다. 잠깐만 기다려주세요! 생각한 것보다 몸 상태가 좋지는 않습니다. 하지만 괜찮습니다. 사람이니까 이런 일도 일어날 수 있는 거지요! 어젯밤만 하더라도 전혀 이상이 없었습니다. 저희 부모님도 아실 겁니다. 아니, 더 잘 아시겠지요. 사실 어젯밤부터 살짝 그런 기미가 있기는 했습니다. 옆에 있는 사람들은 알았을 겁니다. 어제 회사에 연락드릴 걸 그랬어요! 하지만 몸이 이렇게 안 좋은 것쯤은 집에서 굳이 쉬지 않아도 어떻게든 견뎌낼 거라고 생각하잖습니까? 지배인님! 부디 제 부모님에게 심하게 대하지 말아주세요! 지금 제게 하신 비난은 아무런 근거도 없는 겁니다. 그런 말은 이제껏 들어본 적도 없습니다. 제가 최근에 보내드린 주문서를 아직 못 보신 것 같습니다. 어쨌든 저는 어서 나갈 채비를 하고 8시 기차를 타겠습니다. 두어 시간 쉬었더니 다시 기운이 납니다. 더 이상 지배인님 시간을 허비하지 않도록 하겠습니다. 제가 직접 당장 회사로 갈 테니, 부디 사장님께 제 말씀 좀 잘 드려주세요."

그레고르는 자기가 무슨 말을 하는지도 잘 모르고 이런 말들을 전부 급하게 내뱉었다. 그렇게 말하면서 침대에 있는 동안 익힌 요령으로 서랍장까지 가서 몸을 세워보려고 애썼다. 마음 같아서는 문을 열고 자기 모습을 보여준 다음 지배인과 이야기하고 싶었다. 그렇게 자신을 보고 싶다는 사람들이 막상 지금의 모습을 보면 뭐라고 할지 듣고 싶어 견딜 수가 없었다. 만약 겁먹고 깜짝 놀란다면 그레고르는 더 이상 아무런 책임이 없을 테니 조용히 쉴 수 있을 터였다. 설령 사람들이 모든 걸 침착하게 받아들인다 해도 그가 애써 뭔가를 할 이유가 없는 것이다. 서두른다면 8시까지 역에 갈 수도 있다.

처음에는 서랍장의 매끄러운 표면에 닿아 수차례

미끄러졌지만, 마지막으로 몸을 날린 것이 성공해서 마침내 똑바로 설 수 있었다. 하반신이 타는 듯이 아팠지만 더 이상 신경 쓰지 않았다. 곧이어 옆에 있는 의자 등받이 쪽으로 몸을 던진 다음 작은 발로 가장자리를 꼭 쥐었다. 이제 몸을 가누게 되자 지배인이 뭐라고 하는지 잘 들어보려고 입을 꼭 다물었다.

지배인이 그의 부모에게 말했다. "무슨 말인지 한 마디라도 알아들으셨습니까? 우리를 놀리는 건 아니겠지요?"

어머니는 눈물을 흘리며 소리쳤다. "절대 그럴 리 없습니다. 저 애는 심하게 아픈 걸 거예요. 그런데 우리가 괴롭히는 거라고요. 그레테! 그레테!"

"어머니?" 여동생이 다른 쪽에서 소리 높여 대답했다. 두 사람은 그레고르의 방을 사이에 두고 대화를 나누었다.

"당장 의사에게 달려가. 그레고르가 아프니까. 어서 가서 의사를 불러와. 너도 지금 그레고르가 하는 말을 들었니?"

"그건 짐승이 내는 소리였습니다." 어머니의 울부짖

음에 비하면 확실히 조용한 목소리로 지배인이 말했다.

"안나! 안나!" 아버지는 방 너머에 있는 부엌을 향해 소리치며 손뼉을 쳤다. "당장 가서 열쇠수리공을 불러와라!"

두 소녀는 치맛자락을 바스락거리며 달려나갔다. 동생은 어떻게 그토록 빨리 옷을 갈아입을 수 있는 거지? 두 소녀는 문을 밀어젖히고 나갔다. 하지만 문을 닫는 소리는 전혀 들리지 않았다. 둘 다 문을 완전히 열고 나갔군. 누가 보면 집안에 엄청난 불행이 일어난 줄 알겠어.

사실 그레고르는 훨씬 침착해진 상태였다. 사람들이 그의 말을 더 이상 못 알아듣는 것 같았지만, 그는 다른 사람들의 말을 똑똑히 알아들었다. 전보다 훨씬 잘 알아들을 정도로 귀가 소리에 민감해진 모양이었다. 사람들은 그가 지금 이상한 상태라고 판단하여 도와줄 준비를 하고 있었다.

그레고르는 생각이 정리되자 마음이 편안해졌다. 다시 인간의 범주 안에 들어온 느낌이 들었고, 의사와 열쇠수리공 두 사람이 어마어마하게 놀라운 능력을 발휘하여 자신을 도와줄 거라 믿었다. 그 둘의 능력이 아주 다르다는 생각은 하지도 않았다. 어쨌든 중요한 문제를 상의하려면 최대한 알아들을 수 있는 목소리가 필요하기에 살짝 목을 가다듬으며 약하게 소리를 내려고 애썼다. 자신의 소리는 인간이 목을 가다듬는 소리와 다를 테고, 그는 더 이상 이 소리가 어떻게 들리는지 판단할 수 없었기 때문이다. 그동안 옆방은 아주 고요했다. 아마도 부모님은 지배인과 탁자에 앉아 숨죽여 이야기하고 있으리라. 아니면 문마다 귀를 대고 있을지도 모르지.

그레고르는 의자를 이용해서 몸을 문 쪽으로 천천히 들어 올린 뒤 문을 향해 몸을 던졌다. 발의 돌기에 살짝 끈적끈적한 접착제가 있어서 문에 몸을 똑바로 대고 서 있을 만했다. 힘든 과정을 끝내곤 그 상태로 조금 쉬었다. 그러다 이윽고 열쇠구멍에 꽂힌 열쇠를 입으로 물고 돌리는 일을 시작했다. 그런데 안타깝게도 그에게는 이빨이 하나도 없었다. 이제 어떻게 열쇠를 물지? 놀랍게도 턱이 상당히 강했기 때문에 턱 힘을 이용해서 열쇠를 움직일 수 있었다. 그는 개의치 않았지만 어딘가 상처가 난 것은 분명했다. 갈색 액체가 입에서 흘러내려 열쇠를 흥건히 적신 뒤 바닥에 뚝뚝 떨어졌기 때문이다.

옆방에서 지배인이 말했다. "들어보십시오. 열쇠를 돌리고 있군요."

그 말을 들은 그레고르는 힘이 났다. 하지만 아버지와 어머니도 그렇고 모든 사람이 "힘내라, 그레고르!" 하며 격려해줘야 하지 않나? "계속해, 어서 자물쇠를 열라고!" 하며 응원해줘야 하는 게 아니냔 말이다. 엄청나게 긴장하며 애쓰는 데다 이러한 상상까지 더해 있는 힘을 다하여 열쇠를 미친 듯이 악물었다. 열쇠가 돌아갈 때마다 자물쇠를 두고 춤을 추듯 움직였다. 몸을 꼿꼿이 세운 채 오로지 입만 이용해서 때로는 열쇠에 달라붙기도 하고, 때로는 온몸의 무게를 아래쪽으로 내리기도 했다. 마침내 잠겨 있던 열쇠가 맑은 소리를 내며 찰칵 열리자 그레고르는 다시금 살아나는 기분이었다.

그는 안도의 숨을 내쉬며 말했다. "이제 열쇠수리공은 올 필요가 없겠네." 그리고 문을 열어젖히려 머리를 문손잡이에 올렸다.

마침내 문이 활짝 열렸다. 하지만 문이 안쪽으로 열린 터라 그 뒤에 가려진 그의 모습은 아직 보이지 않았다. 그는 천천히 한쪽 문 뒤에서 돌아나왔다. 등을 대고 벌러덩 쓰러지지 않으려면 아주 조심해야 했다. 이런 상황에서 움직이는 게 어려워 다른 사람은 신경 쓸 겨를도 없었을 때, 지배인이 "오!" 하고 크게 내뱉은 소리가 들렸다. 바람이 윙윙대며 지나가는 소리 같았다. 이제 그도 지배인을 보았다. 문에 가장 가까이 서 있던 지배인은 한 손으로 입을 막은 채 천천히 물러서기 시작했다. 보이지는 않지만 지배인을 계속 밀어대는 힘이 있는 것 같았다.

그리고 어머니가 보였다. 어머니는 지배인이 왔는데도 자다가 일어난 그대로 머리가 헝클어지고 뻗친 모습이었다. 어머니는 양손을 잡고 아버지 쪽을 보았다가 이윽고 그레고르 쪽으로 두 걸음 다가오더니 그만 풀썩 주저앉고 말았다. 주저앉은 자리로 둥그렇게 치마가 퍼진 가운데 고개를 가슴 쪽으로 떨구었다. 아버지는 그레고르를 방 안으로 쫓아 들여

보내려는 듯 적개심 어린 표정을 지으며 주먹을 꽉 쥐더니 불안한 눈빛으로 거실을 둘러보았다. 그러더니 두 손으로 눈을 가리고 거대한 가슴팍이 흔들릴 정도로 울었다.

그레고르는 사람들이 있는 거실 쪽으로 나가지 않았다. 양문형 여닫이 문 중 단단하게 고정된 한쪽 문 안쪽에 몸을 기댄 채 몸뚱이 반쪽과 옆으로 숙인 머리를 밖으로 드러내며 거실에 있는 사람들을 내다볼 뿐이었다. 그사이 날은 훨씬 밝아졌다. 거리에 끝도 없이 길게 늘어진 어두운 회색빛 건물이 보였다. 딱딱한 창문이 건물 전면에 반복해서 뚫려 있는 병원이었다. 비는 여전히 내리고 있었지만 그저 눈에 보일 정도로 굵은 빗방울이 드문드문 흩날려 바닥에 떨어지는 정도였다. 식탁에는 아침밥이 가득 차려져 있었다. 아버지는 세 끼 중 아침을 가장 중요하게 여겼다. 아침을 먹으면서 이런저런 신문을 몇 시간이고 읽었기 때문에 식사 시간이 길어지곤 했다. 맞은편 벽에는 그레고르가 소위로 복무할 때 찍은 사진이 걸려 있었다. 사진 속 그가 태평한 미소를 지으며 한 손을

검에 댄 모습은 자신의 자세와 군복에 경의를 나타내
길 바라는 듯했다. 다른 방으로 통하는 문이 열린 데
다 현관 역시 열어놓았기 때문에 현관 앞부분과 아래
로 이어지는 계단 앞부분이 눈에 들어왔다.

　"그럼." 말문을 연 그레고르는 여기서 침착한 건
자신밖에 없다는 사실을 확실히 깨달았다. "바로 옷
을 갈아입고 견본을 챙겨 떠나겠습니다. 제가 떠날
준비를 하게 해주시겠습니까? 저, 지배인님, 보시다
시피 저는 그렇게 고집이 세지 않습니다. 오히려 기
꺼이 일하는 사람입니다. 출장은 힘들지만, 출장이
없었다면 어떻게 먹고살 수 있었겠습니까? 지배인님
은 어디로 가시겠습니까? 회사로 가시겠죠, 그렇죠?
그리고 아주 솔직하게 사실 관계를 보고해주시겠지
요? 살다 보면 일을 못 하는 경우도 있습니다만, 그
럴 때일수록 이제까지 쌓았던 역량을 기억해주시고,
어려움을 극복한 다음에는 그만큼 더 집중해서 열
심히 일할 거라는 점을 생각해주시는 게 맞지 않습
니까? 저는 사장님께 크게 신세를 진 몸이라는 걸
지배인님도 잘 아실 겁니다. 한편으로는 부모님과

여동생 걱정을 하는 몸이기도 하고요. 저는 지금 곤란한 상황입니다만, 곧 열심히 일해서 못 한 부분을 다시 만회하겠습니다. 제가 지금도 이렇게 힘든데 더 힘들게 하지는 말아주십시오. 회사에 가면 제편을 들어주세요! 사람들이 영업 다니는 사람을 싫어한다는 건 알고 있습니다. 출장영업사원은 유유자적 편하게 살면서 떼돈을 번다고들 생각하지요. 게다가 편견을 바로잡을 특별한 이유도 없고요. 하지만 지배인님, 지배인님은 다른 회사 사람들과 달리상황이 어떤지 더 잘 알고 계시지 않습니까? 솔직히말씀드리자면 사장님보다도 잘 아실 겁니다. 사장님은 회사 주인이라는 특성상 사원에게 불리한 결정을쉽게 내리실 수 있으니까요. 지배인님도 아시겠지만거의 1년 내내 회사 밖에서 지내다시피 하는 출장영업사원이 험담이나 우연한 일이나 근거 없는 불평의희생양이 되기가 얼마나 쉽습니까? 그런 상황에서자기를 방어할 수조차 없습니다. 대부분 그런 일이있다는 사실조차 알지도 못하는 실정이고, 기껏해야출장에서 기진맥진한 상태로 회사에 돌아오면 알 수 없는 스산한 느낌을 온몸으로 느낄 뿐입니다. 지배인님, 떠나시기 전에 조금만이라도 제 말이 맞는다고 말씀해주세요!"

그러나 지배인은 그레고르가 말을 시작했을 때부터 이미 몸을 돌려버린 채 그저 입매를 일그러뜨리고는 웅크린 어깨 너머로 그를 흘끔 쳐다볼 뿐이었다. 그레고르가 말하는 동안 잠시도 가만히 있지 못하고 그에게서 눈길을 떼지 않은 채 문 쪽으로 물러섰다. 하지만 빠른 속도로 물러나지 못하는 걸 보면 마치 이 방을 떠날 수 없다는 무언의 금기가 있기라도 한 듯했다. 그는 방문 쪽에 다다랐다. 거실에서 빠져나오는 마지막 발자국을 떼는 모습이란 마치 발바닥에 불이라도 붙은 게 아닐까 할 정도로 다급해 보였다. 거실을 벗어난 그가 오른손을 계단 쪽으로 길게 뻗었을 때는 거기에 그를 구해주려고 하늘에서 동아줄이라도 내려온 듯 싶었다.

그레고르는 이런 상태로 지배인을 그냥 보내면 안 된다는 사실을 깨달았다. 그랬다간 회사에서 자기 자리가 상당히 위험해질 것이다. 부모님은 이 모든 상황을 이해하지 못했다. 두 분은 지금까지 그레고르가 이 회사에서 평생 일자리를 보장받았다고 확실하게 믿어왔고, 게다가 지금 닥친 걱정에 너무 정신이 팔려 앞일은 생각하지도 않았다.

하지만 그레고르는 앞으로 무슨 일이 벌어질지 알고 있었다. 지배인을 여기에 붙잡아두고 진정시키면서 설득을 하고 마음을 돌려야 한다. 그레고르와 가족의 미래가 거기 달려 있단 말이다! 여동생이 여기 있으면 얼마나 좋을까! 그 애는 똑똑하다. 그레고르가 편안하게 벌렁 누워 있을 때부터 울지 않았는가. 그리고 지배인은 여자라면 사족을 못 쓰니 동생에게 넘어올 것이다. 동생이라면 현관문을 닫고 문간에서 지배인과 이야기하여 겁에 질린 마음을 풀어줄 거다. 하지만 지금은 여동생이 없으니 그레고르가 직접 나서야 했다.

그는 자신이 움직일 만한 능력이 있는지도 생각하지 않고, 자신이 뱉는 말이 제대로 전달되지 않을 거라는 생각도 안 한 채 문에서 몸을 떼어 문틈으로 몸을 밀었다. 그는 층계참에서 우스운 꼴로 계단 난간을 두 손으로 붙잡은 지배인에게 가려고 했다. 그러다 곧장 뭔가 붙잡으려는 헛된 시도를 하는 도중에 살짝 비명을 지르며 수많은 발을 내려뜨린 채 앞으로 쓰러지고 말았다. 그런데 쓰러지자마자 오늘 아침 처음으로 신체의 쾌감이 느껴졌다. 딱딱한 바닥에 닿자 발들이 원하는 대로 움직였다. 그레고르는 매우 기뻤다. 발들이 가고 싶은 곳으로 자기 몸을 움직여주려고 애쓰는 게 아닌가. 곧 이 모든 고통이 사라질 거란 생각마저 들었다. 하지만 어떻게 움직이는지 알아보려고 몸을 조심스럽게 흔들면서 서 있는 곳은 어머니와 멀리 떨어지지 않은 지점이었다.

그 순간, 어머니가 벌떡 일어났다. 이제까지 어머니는 정신을 잃다시피 한 줄 알았는데, 불쑥 일어서서는 팔을 쭉 뻗고 손가락을 쫙 펴며 소리 질렀다. "도와줘요, 제발 도와주세요!"

어머니는 그레고르를 더 자세히 보려는 듯 고개를 옆으로 기울이더니 이내 그런 모습이 무색하게 뒷걸음쳤다. 등 뒤에 아침밥을 차려놓은 식탁이 있는 것도 잊어버린 어머니는 식탁에 다다르자 방심하고 거기에 주저앉아버렸다. 어머니 옆으로 커다란 커피 포트가 쓰러지는 바람에 흘러내린 커피가 김을 내며 카펫에 퍼져가는 것도 알아차리지 못하는 듯했다.

"어머니, 어머니." 그레고르는 조용히 어머니를 부르며 올려다보았다. 잠시 동안 지배인은 안중에도 없었다. 그런데도 한편으로는 흘러내리는 커피를 바라보면서 턱을 몇 번이고 움직이며 입맛 다시는 걸 참을 수가 없었다. 그 모습을 본 어머니는 또다시 비명을 지르며 식탁에서 도망쳤고, 도와주려고 달려온 아버지 품에 안겼다. 한편 그레고르는 지금 부모님을 생각할 겨를이 없었다. 지배인은 벌써 계단을 내려가기 시작하여 턱을 계단 난간에 대고 마지막으로 한번 더 돌아보았다. 그레고르는 그를 어떻게든 따라잡기 위해 막 움직일 참이었다. 그러나 지배인은 그걸 알아차렸는지 계단을 몇 개씩 뛰어내려가 결국 사라지고 말았다.

"으악!"

지배인의 비명이 계단에 울려퍼졌다. 그가 도망치자 지금까지 침착했던 아버지가 크게 당황한 것 같았다. 지배인을 직접 따라가거나 적어도 그레고르가 쫓아가는 걸 막지는 말아야 하는데, 아버지는 지배인의 지팡이를 한 손으로 집더니(지배인의 지팡이는 그가 두고 간 코트, 모자와 함께 소파에 나란히 놓여 있었다) 다른 손으로 식탁에 놓인 커다란 신문을 집어 들고는 지팡이와 신문을 휘두르고 발을 쿵쿵 구르며 그레고르를 그의 방 안으로 몰아넣으려는 게 아닌가. 그레고르가 아무리 애원해도 소용이 없었고 이해해주지도 않았다. 그가 알겠다는 식으로 머리를 흔들었을 때도 아버지는 더 성난 듯이 발을 구를 뿐이었다. 어머니는 추운 날씨인데도 창문을 활짝 열어놓고는 창틀 밖으로 내민 얼굴을 두 손으로 감싸고 있었다. 골목과 계단 사이로 바람이 세차게 불어와 창문의 커튼이 펄럭이고 탁자에 있던 신문이 바스락대다가 한 장씩 흩날려 바닥으로 떨어졌다. 아버지는 가차 없이 그를 몰아대며 미친 사람처럼 쉿쉿거렸다.

하지만 그레고르는 뒷걸음을 쳐본 적이 없어서 뒤로 가는 게 너무 느렸다. 그가 몸을 돌려도 된다면 곧장 방으로 돌아갔을 것이다. 이렇게 시간 끄는 짓을 하다가는 아버지가 또 참지 못하고 화를 낼까 봐 무서웠다. 아버지가 지팡이를 들어 그의 등이나 머리를 내려칠 경우 치명상을 입는 것도 겁이 났다. 하지만 다른 수가 없었다. 그는 뒷걸음치면 똑바른 방향으로 갈 수 없을 거라는 사실을 깨달았다. 결국 아버지 쪽으로 걱정스런 시선을 보내면서 최대한 빨리 몸을 돌리려고 했지만, 실제로는 몸을 돌리는 속도가 너무 느렸다.

다행히 아버지가 그의 좋은 의도를 이해한 것 같았다. 이런 행동을 방해하지 않은 데다 멀찍이 서서 지팡이 끝으로 여기저기 회전 방향까지 지시해주었으니까. 아버지가 제발 저 쉿쉿 소리 좀 내지 않았으면 좋겠는데! 그레고르는 그 소리 때문에 머리가 돌아버릴 지경이었다. 몸을 거의 다 돌렸을 때까지도 귓가에 쉿쉿대는 소리가 들려와서 당황한 나머지 다시 잘못된 방향으로 몸을 돌리기 시작했다. 마침내 머리를 문틈 앞에 댔지만, 그의 몸이 너무 커서 그 사이로 들어갈 수 없었다.

현재 아버지의 상태로 보자면 아버지가 다른 쪽

문을 열어서 들어갈 만한 길을 터줄 가능성은 전혀 없어 보였다. 아버지는 그레고르가 어서 빨리 자기 방으로 사라져야 한다는 생각뿐이었다. 그레고르가 몸을 지탱하고 일어선 자세로 저 문을 통과하기까지 그 과정을 참고 기다려줄 것 같지도 않았다. 아버지는 이제 아무런 장애물이 없다는 듯 엄청난 굉음을 내면서 그레고르를 앞으로 몰아대기 시작했다. 그레고르 뒤에서 들려오는 소리는 아버지라는 사람이 낼 수 있는 게 전혀 아니었다. 정말이지 정도가 지나쳤다.

그레고르는 하면 된다는 심정으로 문을 향해 돌진했다. 한쪽 몸을 들어 올린 채 몸을 밀어서 비스듬하게 문을 통과했고, 들어 올린 몸의 옆 부분이 하얀 문에 긁혀 상처가 생기며 흉한 얼룩을 남겼다. 그리고 곧 몸이 문에 꼭 끼어 혼자서는 움직일 수 없는 꼴이 되었다. 위로 들린 몸통 쪽 다리는 허공에서 버둥대고 아래쪽 몸통 부분의 다리는 바닥에 눌려 아팠다. 그러자 아버지가 엄청나게 센 힘으로 뒤에서 그를 밀었다. 결국 그 힘으로 빠져나온 그레고르는 붕 뜬 채로 몸통에서 피를 철철 흘리며 방 안으로 날아들어갔다.

문이 쾅 닫히고 빗장이 질러졌다. 마침내 사방이 고
요해졌다.

제 2 장

*

해가 질 무렵 그레고르는 기절하다시피 깊게 든 잠에
서 깨어났다. 안 그래도 충분히 쉬고 푹 잔 터라 무슨
소리가 들리지 않았어도 곧 일어날 참이었다. 하지
만 기는 듯한 발자국 소리와 현관으로 이어지는 문을
조심스럽게 닫는 소리에 깨어난 것 같았다. 희미한
가로등 불빛이 천장 여기저기와 가구 위쪽을 비출 뿐
그레고르가 있는 바닥은 캄캄했다. 그는 아직 사용법
을 익히지 못한 더듬이를 서투르게 움직이면서 무슨
일이 일어났는지 보려고 문 쪽으로 몸을 질질 끌고
갔다. 왼쪽 몸통이 기분 나쁘게 땅기는 느낌이 드는

것이 길게 상처가 난 것 같았다. 다리는 두 개나 절뚝거려야 했는데 그중 하나는 오전의 사고 때문에 심하게 다쳐서 제대로 움직이지도 못한 채 몸에 붙어 질질 끌려왔다. 따지고 보면 다리를 하나만 다친 건 기적이었다.

그는 문가에 도착하자마자 자신이 왜 문으로 오고 싶어졌는지 알았다. 음식 냄새가 났던 것이다. 문 앞에는 흰 빵 조각을 둥둥 띄운 달콤한 우유가 담긴 사발이 놓여 있었다. 그레고르는 너무 기쁜 나머지 웃음을 지을 뻔했다. 아침보다 훨씬 더 배가 고팠기 때문이다. 그는 눈까지 잠길 정도로 머리를 우유 사발에 박았다. 하지만 곧바로 실망한 채 다시 머리를 들었다. 뭔가를 먹으려면 온몸이 가쁘게 숨을 쉬며 움직여야 했는데, 왼쪽 몸통이 아파서 먹기가 힘들었다. 더 큰 이유는 가장 좋아하는 우유, 그래서 여동생이 일부러 넣어준 게 틀림없는 그 우유가 전혀 맛이 없다는 거였다. 욕지기가 날 정도로 맛이 없어서 사발을 외면하고 다시 방 한가운데로 기어갔다.

그레고르는 문틈으로 거실의 가스등이 켜진 것을

보았다. 보통 때 같으면 아버지가 큰 소리로 어머니에게 석간 신문을 읽어주는 시간이었다. 때로는 여동생에게도 꾸민 듯한 목소리로 읽어주곤 했다. 하지만 지금은 아무런 소리도 들리지 않았다. 사실 아버지가 신문을 읽어준다는 것은 여동생이 언제나 그에게 이야기해주고 편지로 써줘서 아는 일이다. 요즈음은 그렇지 않은 모양이다. 하지만 이 집에 사람이 아예 없는 것도 아닐 텐데 사방이 너무나 조용했다.

"왜 식구들이 이렇게 조용한 거지?"

그레고르는 혼잣말을 하고 눈앞에 깔린 어둠을 확고한 눈빛으로 응시하며 자기가 부모님과 여동생이 이토록 좋은 집에서 살 수 있게 해주었다는 사실에 자부심을 느꼈다. 하지만 이 고요함, 이 부유함과 안락함이 끔찍하게 끝나야 한다면 어떡하지? 그레고르는 이런 생각에 빠져들지 않으려고 방 안을 왔다갔다 기어다니며 움직이기 시작했다.

그렇게 긴 저녁 시간을 보내는 동안 양쪽 문 중 하나가 살짝 열렸다가 이내 황급히 닫혔고, 다른 쪽 문도 그런 식으로 열렸다 닫혔다. 누군가 안으로 들어오려다 주저한 것이다. 그레고르는 거실로 통하는 문 앞에 자리 잡고, 주저하며 들어오지 못하는 방문객을 어떻게든 구슬려서 들어오게 만들거나 적어도 누군지 알아내려고 마음먹었다. 하지만 문은 두 번 다시 열리지 않았고, 그레고르의 기다림은 헛수고가 되었다. 문이 전부 잠겼던 아까만 해도 그렇게들 들어오려고 하더니, 이제는 그가 한쪽 문을 열어놓았고 다른 쪽 문도 낮 동안 열렸을 텐데 아무도 들어오려고 하지 않았다. 열쇠를 바깥에 꽂아놓았는데도 말이다.

밤이 늦어서야 거실의 불이 꺼졌다. 부모님과 여동생이 오랫동안 잠들지 못했다는 사실을 쉽게 알 수 있었다. 세 식구 모두 까치발을 들고 살금살금 멀어지는 소리가 똑똑히 들렸기 때문이다. 아침까지는 아무도 그레고르의 방에 들어오지 않을 것이다. 인생을 어떻게 새로이 정비할지 누구의 방해도 받지 않고 충분히 생각할 수 있었다. 하지만 이 높고 탁 트인 방에서 어쩌다가 이렇게 되었는지 이유도 모른 채 바닥에 납작이 엎드려 있어야 한다는 사실이 걱정스러웠다. 5년 동안 익숙하게 지내온 방이었다. 반쯤은 무의식 상태로 몸을 돌린 뒤 조금 부끄럽기도 한 모습을 하며 긴 소파 밑으로 빠르게 기어들어갔다. 그 아래에 있으니 등이 살짝 눌리고 머리를 들 수 없는데도 금방 편안했다. 몸이 너무 길어서 긴 소파 아래로 완전히 들어갈 수 없다는 게 안타까울 뿐이었다.

그는 밤새 소파 밑에서 꾸벅꾸벅 졸다가 배고파서 깜짝 놀라 깨다가를 반복하며, 걱정도 했다가 분명치 않은 희망도 품었다 하며 시간을 보냈다. 하지만 이 모든 생각의 결론은 당분간 차분하게 행동하면서 인내심을 갖고, 지금 상황에서 어쩔 수 없이 폐를 끼치게 된 가족을 생각하여 불편함을 참고 견뎌야 한다는 것이었다.

아직은 캄캄한 밤이라고 할 만한 이른 새벽, 그레고르는 자신의 결심이 얼마나 굳센지 시험해보는 기회를 만났다. 현관으로 통하는 문이 열리더니 옷을 다 차려입다시피 한 여동생이 문을 열고 불안한 눈초리로 방 안을 들여다보았던 것이다. 동생은 곧바로 알아채지 못하고 두리번거리다가 긴 소파 밑에 있는 그를 발견했다. 아, 그럼 여기 있지 어디 있나. 날아갈 수도 없는 노릇인데. 동생은 그의 모습에 너무 놀라 정신을 못 차리고는 밖에서 문을 쾅 닫아버렸다. 하지만 자신의 행동을 후회한 것처럼 곧바로 문을 열고 들어와서 마치 중환자실이나 낯선 이의 방에 들어온 것처럼 발끝으로 살금살금 걸었다.

그레고르는 긴 의자의 가장자리 바로 아래까지 머리를 내밀고 동생을 지켜보았다. 우유를 그대로 남겼지만 배가 고프지 않아서 안 먹은 게 아니라는 걸 알까? 그래서 그가 좋아할 만한 다른 음식을 가져다줄 수 있을까? 동생이 알아채지 못하면 어쩌지. 그 애가 알아채게 만드느니 차라리 굶어죽는 편이 낫지. 소파 밑에서 기어나와 동생 발밑에 엎드린 채 뭔가 먹을 걸 달라고 애원해야 할 테니 말이다. 솔직히 그러고 싶은 무시무시한 욕망을 느꼈다. 하지만 여동생은 아직 가득 찬 사발과 그 주위에 우유가 살짝 흩뿌려진 걸 바로 알아채고는 적이 놀랐다. 동생은 곧바로 사발을 잡았지만, 맨손이 아니라 걸레를 대어 잡아 들고 나갔다. 그레고르는 과연 동생이 우유 말고 뭘 가져올지 궁금해서 다양한 가능성을 이것저것 생각했다.

하지만 그녀가 고심 끝에 가져온 것은 생각지도 못한 것들이었다. 동생은 그의 입맛에 맞는 게 뭔지 알아보기 위해 갖고 올 수 있는 건 전부 가져와서 오래된 신문지에 모두 펼쳐놓았다. 오래되어 썩기 직전인 채소부터 지난밤 식구들이 먹은 수프에서 나온 흰 소스가 딱딱하게 엉겨붙은 뼈, 건포도와 아몬드, 그레고르가 이틀 전에 입에 안 맞아서 안 먹은 치즈 한 조각, 딱딱해진 빵 조각, 버터 바른 빵 조각과 소금이 붙은 버터 바른 빵 조각까지 다양했다. 게다가 동생은 이 잔칫상 옆에 그레고르가 쓰는 그릇이라고 정한 게 분명한 그릇을 놓았다. 그릇에는 물이 담겨 있었다. 더구나 세심하게도 동생은 그레고르가 자기 앞에서는 밥을 먹지 않을 거라고 생각하여 재빨리 밖으로 나가 문을 걸어잠갔다. 그러면 그레고르가 안심하고 마음껏 먹을 수 있을 테니까.

그레고르의 작은 다리들이 부산스런 소리를 내며 음식을 향해 황급히 달려갔다. 그동안 상처도 싹 나은 느낌이었다. 더 이상 불편하지 않았기 때문이다. 이거 놀라운데. 한 달 전쯤인가, 칼에 살짝 베어 상처가 난 게 바로 그저께까지도 아팠는데.

'이제 예전보다 감각이 무뎌진 건가?'

그런 생각을 하면서 이미 입으로는 다른 어떤 음식보다도 훨씬 더 강하게 끌린 치즈를 허겁지겁 핥고 있었다. 눈물을 글썽이며 치즈와 채소, 소스를 빠른 속도로 먹어치웠다. 반면 신선한 요리는 맛이 없을 뿐 아니라 냄새조차 맡을 수 없어서 먹고 싶은 음식만 조금 떨어진 곳으로 끌어다 놓기까지 했다. 음식을 다 먹어치운 지 꽤 되었을 무렵, 먹던 자세 그대로 쉬는데 그만 뒤로 물러나야 한다는 신호처럼 여동생이 천천히 열쇠를 돌렸다.

그는 반쯤 졸다가 이 소리를 듣자마자 깜짝 놀라 서둘러 긴 소파 밑으로 돌아갔다. 하지만 그 밑에 들어가 있자니 아주 큰 인내심이 필요했다. 여동생이 방에 머무르는 동안 긴 소파 밑에 있어야 하는 시간은 길지 않았지만, 많이 먹은 탓에 몸뚱이가 살짝 부풀어서 그 아래 좁은 공간에서는 숨도 못 쉴 지경이었다. 호흡 곤란으로 살짝 경련이 이는 가운데 그레고르는 불룩 튀어나온 눈으로 동생의 모습을 바라보았다. 아무것도 모르는 동생은 그가 먹다 남긴 음식은 물론 그레고르가 건드리지도 않은 요리까지 이제는 전부 필요 없다는 듯 빗자루로 쓸어담은 뒤 급하게 통에 털어넣고는 나무 뚜껑을 닫아가지고 나갔다. 동생이 몸을 돌리자마자 그레고르는 긴 소파 밑에서 나와 몸을 쭉 펴고 부풀렸다.

이제 그레고르는 이런 식으로 매일 음식을 얻었다. 부모님과 하녀가 아직 자는 아침에 한 번, 다들 점심을 먹고 나서 한 번이었다. 부모님은 항상 점심 식사 후에 잠깐 낮잠을 잤고, 그동안 동생은 하녀에게 심부름 같은 것을 시켜 내보냈다. 물론 부모님이 그레고르가 굶어죽기를 바라는 것은 아닌 게 분명했다. 그의 식사에 대해 직접 알아보는 건 괴로운 일이라 그냥 여동생을 통해 듣는 게 더 낫다고 생각하거나, 안 그래도 힘든 부모님의 마음을 조금이라도 덜 슬프게 하려는 여동생의 배려일 수도 있었다.

첫날 아침에 불려온 의사와 열쇠수리공을 무슨 말로 돌려보냈는지 그레고르는 전혀 알아낼 수가 없었다. 그가 하는 말은 아무도 알아듣지 못했다. 식구 중 그 누구도, 심지어 여동생조차도 그가 다른 사람의 말을 이해할 거라고 생각하지 않았기 때문이다. 그래서 여동생이 자신의 방에 있을 때 가끔 한숨을 쉬거나 성인聖人들의 이름을 부르며 기도하는 소리를 듣는 데 만족할 수밖에 없었다. 나중에 동생이 상황에 조금 익숙해졌을 무렵(상황에 완전히 익숙해진다는 것은 당연히 있을 수 없는 일이었다)에야 종종 친근한 말이나, 적어도 친근한 듯한 말을 알아들었다.

"오늘은 음식이 입에 맞았나 보네." 동생은 그레고르가 음식을 깨끗하게 먹어치우자 기쁜 듯이 말했다. 그렇지 않았을 경우에는 슬픈 듯이 말했다. "오늘은 전부 그대로 남았잖아."

시간이 지날수록 음식이 그대로 남아 있는 일이 잦아졌다.

그레고르는 상황이 어떻게 돌아가는지 직접 알아볼 수는 없었지만, 옆방의 소리를 엿듣고 웬만한 소식은 알 수 있었다. 어느 쪽에서든 목소리가 들려올 때마다 그쪽 문으로 가서 몸통 전체를 문에 딱 붙였다. 처음에는 어떤 식으로든 그의 이야기가 나왔다. 이틀 동안은

식사 시간마다 어떻게 처신해야 하는가에 대해 상의
하는 소리가 들려왔다. 식사 시간이 아닐 때도 식구들
은 같은 주제를 놓고 이야기했다.

아무도 혼자서 집에 있고 싶어 하지 않았지만 그렇
다고 모두 집을 나갈 수는 없는 노릇이었다. 하녀까지
첫날 바로 나가버린 터였다. 그 사건에 대해 하녀가
뭘 얼마나 아는지 정확히 알 수 없었는데, 하녀는 어
머니를 붙잡고 당장 떠나게 해달라고 간곡하게 부탁
했다. 그 말을 하고 15분 뒤에 집을 떠나면서, 자기를
내보내준 것이 이제까지 받은 것 중 가장 큰 은혜라도
되는 것처럼 정말 고맙다며 눈물을 흘렸고, 그렇게 해
달라고 바라지도 않았는데 이 일에 대해서는 아무한
테도 말하지 않겠다며 엄숙한 맹세까지 했다.

이제 여동생은 어머니와 함께 요리를 해야 했다.
식구들 모두 음식을 잘 먹지 않았기 때문에 그렇게
힘든 일은 아니었다. 식구들은 서로에게 더 먹으라
며 음식을 권했지만 "아니, 많이 먹었어." 같은 대답
을 반복했고, 그레고르는 이런 대화를 계속 들었다.
술도 마시지 않는 것 같았다. 종종 여동생은 아버지

에게 맥주를 드시겠냐고 물으며 자기가 가져다드리
겠다고 말했다. 아버지가 대답하지 않으면 그 주저하
는 마음을 덜어주기 위해 건물 관리인을 보내 맥주를
가져오게 하겠다고 말하기도 했다. 하지만 아버지는
"됐다."라고 크게 말했고, 그 후로는 아무도 입을 열
지 않았다.

그레고르가 변신한 바로 그날이 채 지나기 전에 벌
써 아버지는 어머니와 여동생을 앉혀놓고 재산 상태
와 앞날에 대해 전부 설명했다. 아버지에게는 5년 전
사업에 실패했을 때 간신히 건진 자그마한 오스트리
아산 베르트하임 금고가 있었다. 아버지는 설명하다
말고 일어나 그 금고에서 영수증이나 송장 같은 것을
꺼내 왔다. 복잡한 자물쇠를 열고 찾던 것을 꺼낸 뒤
에 다시 닫는 소리가 들렸다.

아버지의 설명은 그레고르가 갇혀 지낸 이후로 처
음 들은 좋은 소식이었다. 그는 아버지가 경영하던
회사의 자산을 전부 잃어버린 줄 알았다. 그렇지 않
다는 말을 아버지에게서 한마디도 듣지 못했으니까.
그레고르 역시 그에 대해 한 번도 묻지 않았다. 그

당시 그레고르는 가족들을 끔찍한 절망의 구렁으로 몰아넣은 사업 실패에 대해 다들 어서 잊어버리도록 어떻게든 최선을 다해야겠다는 생각뿐이었다. 그래서 엄청난 열정으로 일하기 시작했고 하룻밤 만에 일개 점원에서 영업사원으로 올라섰던 것이다. 영업사원이 되자 새로운 방식으로 돈을 버는 길이 열렸고, 업무 성과로 받은 수수료를 즉시 현금으로 바꾸어 식구들이 행복한 눈길로 모여앉은 식탁에 올려놓을 수 있었다.

그때는 참 좋았지. 그레고르가 온 식구의 씀씀이를 감당할 만큼 많은 돈을 벌어 와도 그토록 좋았던 시절은, 적어도 그런 반짝거리는 기쁨은 다시 찾아오지 않았다. 식구들뿐 아니라 그레고르 역시 익숙해진 것이다. 물론 식구들은 감사하는 마음으로 돈을 받았고 그 역시 기꺼이 돈을 내놓았지만, 그 사이의 각별한 따스함은 더 이상 존재하지 않았다. 여동생만이 그레고르와 여전히 가깝게 지냈다.

그는 내년에 여동생을 음악 학교에 보내기로 남몰래 마음먹었다. 그레고르와 달리 여동생은 아주 음악을 좋아했고 바이올린을 상당히 잘 켰다. 물론 큰돈이 들겠지만 그는 개의치 않았다. 다른 방법을 고민하면 어떻게든 될 테니까. 그레고르가 가끔 도시에 돌아와 잠시 머무는 동안 여동생과 이야기를 나누면 음악 학교에 대한 이야기가 나오곤 했다. 그저 멋진 꿈같은 소리였을 뿐 실현 가능성을 생각해서 한 말은 아니었다. 게다가 부모님은 그런 순진한 이야기는 듣는 것도 좋아하지 않았다. 그러나 그레고르는 그 문제를 제대로 고민했고, 크리스마스이브에 엄숙히 발표할 생각이었다.

지금 처한 상황에서는 아무 소용 없는 생각들이 머릿속을 스치고 지나가는 동안, 그레고르는 꼿꼿이 서서 몸을 문에다 붙이고 소리를 엿들었다. 그러다 보면 피곤해지기 마련이라 계속 엿들을 수 없어져 자기도 모르게 머리를 문에 부딪쳤고, 그러면 깜짝 놀라 곧바로 머리를 들어 올렸다. 머리를 부딪칠 때 난 작은 소음이 옆방에 들리면 갑자기 모두 입을 다물어버렸기 때문이다.

"또 뭘 하나 보군." 잠시 후 아버지가 문 쪽을 향해

말하곤 했다. 그리고 끊겼던 대화가 다시 소곤소곤
이어졌다.

그레고르는 대화 내용을 충분히 들었다. 아버지는
설명할 때 반복해서 말하는 버릇이 있기 때문이다. 본
인이 이런 문제를 오랜만에 다루게 된 탓도 있지만 어
머니가 설명을 해줘도 잘 이해하지 못하는 이유가 컸
다. 아버지의 설명을 정리하면 불운이 찾아오기는 했
지만 옛날 재산이 아직 약간은 남아 있으며 그동안 이
자에 손을 대지 않아 돈이 조금 불어났다는 것이었다.
거기에 더해 그레고르가 매달 집에 가져온 돈(그레고르는
본인 용돈으로 두어 굴덴밖에 남겨놓지 않았다)도 다 쓰지 않아서 적
게나마 목돈을 모았다고 했다.

그레고르는 이 말을 문 뒤에서 듣고 열심히 고개를
끄덕이며 아버지가 예상 외로 조심성과 절약 정신이
있었다는 사실에 기분이 좋아졌다. 솔직히 말해 이렇
게 남는 돈으로 아버지가 사장에게 진 빚을 계속 갚았
다면 그레고르가 이 자리를 그만둘 수 있는 날도 훨씬
더 가까워졌을 텐데. 하지만 아버지의 처신이 지금에
와서는 훨씬 잘한 결정임은 의심할 바 없었다.

하지만 그 돈에서 나온 이자로 온 가족이 살아가기에는 충분하지 않았다. 식구들은 기껏해야 1년, 길어봤자 2년 정도 버틸까 그 이상은 무리였다. 그 돈은 건드리면 안 되는 돈이니 비상시를 대비해서 남겨두어야 했다. 생활비는 따로 벌어야 하는 거다. 하지만 아버지가 건강하다고 해도 결국은 노인인 데다 5년 동안 일하지 않았다. 아버지는 자신이 힘들어지는 상황을 피하려고 할 것이다. 지난 5년은 고생만 하고 보람은 없었던 아버지의 인생에서 처음으로 얻은 휴가와도 같았다. 그동안 아버지는 살이 상당히 많이 쪄서 지금은 뒤뚱거리며 걸을 정도였다.

그러면 그레고르의 나이 든 어머니가 일해야 하는가. 어머니는 천식이 있어서 집 안을 돌아다니는 것도 힘들어할 정도로 몸이 약하다. 이틀에 한 번씩 창문을 열어놓고 소파에 앉아서 숨을 쉬어야 했다. 이제 남은 건 여동생인데, 열일곱 살밖에 안 된 데다 이제껏 오냐오냐 하며 키워온 아이다. 예쁜 옷을 좋아하고 늦게 일어나 집안일이나 좀 돕는 아이, 얌전한 여흥이나 좀 즐길 줄 아는 바이올린 켜는 아이가 아닌가?

누군가는 돈을 벌어야 한다는 말을 가족들이 할 때마다, 그레고르는 문에서 물러나 그 옆에 있는 차가운 가죽 소파에 몸을 던지고는 부끄러움과 슬픔에 속을 끓이곤 했다.

그는 종종 밤새도록 소파에 누워서 한숨도 자지 않은 채 몇 시간이고 가죽에 몸을 비벼댔다. 아니면 힘든 수고를 마다하지 않고 창문 옆으로 소파를 밀어서 그 위에 몸을 기대고는 창문턱까지 몸을 일으켰다. 그리고 그 옛날 항상 바깥을 멍하니 바라보면서 느꼈던 해방감을 추억해보았다. 사실 날이 갈수록 아주 가까이 있는 물체도 점점 더 흐릿하게 보였다. 예전에 그토록 보기 싫어했던 길 건너편에 떡하니 자리잡은 병원 건물도 더 이상 보이지 않았다.

지금 사는 집이 조용하지만 번화한 시내 중심의 샤를로텐 거리에 자리한다는 걸 이토록 잘 아니 망정이지, 그렇지 않았다면 지금 창문 밖으로 보이는 광경은 어디서부터 회색 하늘이고 어디까지가 회색 땅인지 구별할 수 없을 정도로 경계가 불분명한 황무지라고 생각했을 것이다. 눈치가 빠른 여동생은 팔걸이 소파가 창문 옆에 놓인 것을 두 번 정도 봤을 뿐인데, 그의 방을 청소할 때마다 소파를 창문에 옮겨놓곤 했다. 이제는 안쪽 덧창을 조금 열어놓기도 했다.

그레고르가 말을 할 수 있어서 여동생이 그를 위하여 해주는 일에 대해 고맙다고 말하면 좋을 텐데. 그러면 여동생이 해주는 것들을 좀 더 쉽게 견딜 수 있었을지도 모른다. 사실 그는 여동생 때문에 힘들어하고 있었다. 물론 동생은 이 어색한 상황을 어떻게든 견뎌보려고 있는 힘을 다했다. 시간이 지나면서 점차 나아지는 것도 확실했다. 하지만 그레고르는 상황을 더욱더 분명하게 깨달았다. 여동생이 들어오는 방식도 신경을 거슬렀다.

동생은 방에 들어올 때면 지체 없이 문을 닫아버렸다. 물론 그레고르의 방을 다른 사람이 못 보게 막으려니 언제나 고생이 많기는 하다. 그리고 곧장 창문으로 달려가 숨이 막혀 죽겠다는 듯이 급히 창문을 열어젖히는 것이다. 거기 서서 바깥이 아무리 추워도 숨을 헐떡이며 심호흡을 했다. 이런 식으로 달려대며 큰 소리 내는 걸 그레고르는 하루에 두 번씩 견뎌야 했다. 그동안 그는 긴 소파 밑에서 몸을 떨었다. 하지만 그는 잘 알고 있었다. 그 애가 창문이 닫힌 방에 그레고르와 함께 있는 걸 견딜 수 있었더라면 절대로 이렇듯 그를 귀찮게 하지 않았으리란 사실을.

한번은 이런 일도 있었다. 그레고르가 변신하고 나서 한 달쯤 되었을까, 여동생이 그의 모습에 굳이 놀랄 이유가 없을 때였다. 그 애는 평상시보다 조금 일찍 들어왔고, 그레고르는 미동도 하지 않은 채 몸을 꼿꼿이 세우고 창문 밖을 응시했는데, 그 모습이 끔찍해 보이기는 했다. 동생이 들어오지 않으려 했더라도 그레고르는 별로 놀라지 않았을 것이다. 그가 서 있는 상태에서 동생이 창문을 열 수는 없었으니까.

하지만 동생은 그저 들어오지 않은 게 아니었다. 깜짝 놀라더니 문을 쾅 닫아버린 것이다. 모르는 사람이 봤다면 그레고르가 엎드려서 몰래 기다리다가 그 애를 물려고 한 줄 알았을 것이다. 그레고르는 당연히 물러나서 긴 소파 밑으로 몸을 숨겼다. 그 상태로 정오까지 기다린 끝에야 동생이 나타났다. 동생은 평상시보다 더욱 불안해 보였다. 그는 이 일을 통해

동생은 자신을 보는 걸 아직도 견딜 수 없으며 앞으로도 그러리라는 걸 알았다. 여동생은 분명히 긴 소파 밖으로 조금 튀어나온 그의 몸 일부를 보는 것조차도 견딜 수 없지만 도망치지 않으려고 안간힘을 쓰는 게 분명했다.

어느 날 그는 여동생에게 그 모습조차 보여주지 않으려고 무려 네 시간에 걸쳐 침대 시트를 등에 지고 긴 소파로 가져갔다. 그리고 자신의 몸이 완전히 가려지도록 시트를 소파 위에 펴놓았다. 그러면 여동생이 몸을 굽혀도 그를 볼 수 없을 터였다. 만약 동생이 이런 시트가 필요 없다고 여긴다면 치울 수 있었다. 자신의 몸을 이렇듯 완전히 가려서 보이지 않게 하는 건 어떻게 봐도 그레고르에게 기분 좋은 일이 아닌 게 분명하니까. 하지만 여동생은 시트를 그대로 두었다. 그레고르는 조심스럽게 머리로 시트를 들어 올리고 그 애가 시트 쳐놓은 걸 마음에 들어하는지 보았다. 심지어 동생이 고마워하는 눈길을 본 것도 같았다.

처음 2주 동안 그레고르의 부모님은 감히 방에 들

어올 엄두도 내지 못했다. 부모님은 종종 여동생에게 깊이 고맙게 생각하고 있다는 이야기를 했다. 예전에는 여동생을 쓸모없는 여자 애로 여겨서 종종 짜증을 내곤 했는데…. 이제는 아버지와 어머니 두 분 다 여동생이 그레고르의 방을 정리하는 동안 문 바깥에 서서 기다렸다.

여동생은 방에서 나오자마자 방 안이 어땠는지 전부 다 보고했다. 그레고르가 뭘 먹었는지, 이번에는 어떻게 행동했는지, 혹시 조금이라도 나아지는 기미가 보이는지 등에 대해서 말이다. 어머니는 생각보다는 빨리 그레고르를 보고 싶어 했지만 아버지와 여동생이 극구 말렸다. 처음에는 어머니의 이성에 대고 호소했는데, 그레고르 역시 전적으로 찬성하면서 주의 깊게 들었다.

하지만 나중에도 어머니가 그를 보려는 걸 완력으로 제지했고, 그럴 때마다 어머니는 소리를 질렀다. "그레고르를 보러 들어갈 거야. 내 불쌍한 아들! 내가 가야겠다는데 왜 아무도 그걸 몰라주는 거야!" 그레고르는 어머니가 자기를 보러 들어오는 게 좋을

지도 모른다고 생각했다. 물론 매일은 아니지만 일주일에 한 번 정도면 괜찮지 않을까. 사실 어머니는 여동생보다 상황을 훨씬 잘 파악하고 있었다. 여동생은 제아무리 용기가 있어봤자 아직 어린애였고, 솔직히 말이 나왔으니 말인데, 이토록 어려운 일을 맡은 이유도 그저 어린애다운 치기에서 나온 것일지도 모른다.

어머니를 보고 싶다는 그레고르의 소원은 머지않아 이루어졌다. 그레고르는 부모님을 생각해서 낮에는 창문 앞에 서 있지 않았다. 바닥이 몇 평 안 되는지라 마음껏 기어다닐 수도 없었다. 밤에 가만히 엎드려 있는 것도 지긋지긋했다. 그나마 먹을 것이 주는 작은 즐거움도 이미 사라진 지 오래여서 기분을 전환하기 위해 벽과 천장을 이리저리 기어다니기 시작했다. 특히 천장에 붙어 있는 걸 좋아했는데, 바닥에 엎드리는 것과는 전혀 다른 느낌이었다. 천장에 있으면 자유롭게 숨 쉴 수 있었고, 부드럽게 떨리는 느낌이 온몸에 퍼져서 기분 좋은 무아지경에 빠졌다. 심지어 그렇게 있다가 바닥에 툭 떨어져 깜짝 놀라기도 했다. 하지만 지금은 예전보다 확실히 몸을 더

능숙하게 제어할 수 있기 때문에 심하게 떨어져도 전혀 다치지 않았다.

여동생은 그레고르가 찾아낸 자기만의 새로운 놀이 방식을 곧바로 알아차렸다. 그가 지나간 자국이 여기저기 끈적하게 남아 있었기 때문이다. 여동생은 그가 최대한 넓게 기어다닐 수 있도록 움직이는 데 방해가 되는 가구들을 치워야겠다는 생각을 해냈다. 우선 옷장과 책상을 치워야 했다. 하지만 혼자서는 할 수 없는 일이었다. 그렇다고 아버지에게 도와달라는 부탁은 엄두도 내지 못했다. 하녀도 도와주지 않을 게 뻔했다. 열여섯 살 정도밖에 안 된 하녀 아이는 첫날, 다른 하녀가 떠난 후에도 이 집에 남았지만, 부득이한 경우가 아니라면 언제나 부엌문을 잠그고 있게 해달라는 간곡한 부탁을 했다.

여동생은 결국 달리 방법을 찾지 못하다 아버지가 외출한 틈을 타서 어머니를 불렀다. 어머니는 기쁨에 들떠서 큰 소리로 외치며 왔지만 그레고르의 방문 앞에 서자 이내 조용해졌다. 물론 여동생이 방 안이 정해진 대로 잘 있는지 확인해보고 나서야 어머니가 들어와도 좋다고 했다. 그레고르는 황급히 시트를 아래로 더 잡아당기고 주름을 많이 잡았다. 침대 시트가 우연히 긴 소파에 떨어진 것처럼 보이도록 한 것이다. 이번에는 침대 시트 속에서 밖을 엿보는 것도 자제했다. 어머니를 보는 것은 포기했다. 어머니가 들어왔다는 것만으로도 기뻤으니까.

"괜찮아요. 들어오세요. 안 보여요." 그레고르의 여동생이 말했다.

여동생은 분명히 어머니의 손을 잡고 안내할 터였다. 이제 그레고르는 가녀린 여자 둘이서 아주 무겁고 낡은 서랍장을 밀어대는 소리와 어머니가 무리하지 말라고 만류하는데도 듣지 않고 여동생이 가장 무거운 부분을 맡겠다고 말하는 소리, 어머니가 여동생이 힘에 부치는 일을 하는 걸 걱정하는 소리를 들었다.

모녀가 일한 지 15분은 족히 지났을 무렵 어머니는 서랍장을 원래 있던 자리에 그대로 놔둬야겠다고 말했다. 상자가 너무 무거워서 아버지가 돌아오기 전까지 일을 다 못 끝낼 것이고, 그렇다고 지금처럼 방 한가운데 놔두면 그레고르가 움직이는 데 방해가 된다는 이유였다. 또 다른 이유는 그레고르가 서랍장 옮기는 걸 좋아할지 확실하지 않다는 것이었다. 어머니가 보기에는 오히려 정반대였다. 텅 빈 벽을 보자 마음이 뭉클했던 것이다. 그레고르라고 해서 왜 그런 기분이 들지 않겠는가. 오랜 세월 이 서랍장을 옆에 두고 살았으니 당연히 빈 방을 보면 버림받았다는 느낌이 들 것이다.

"그러니까 이건…." 어머니는 속삭이다시피 숨죽여 말했다. 그레고르가 어디 있는지 정확히는 모르지만, 자신의 목소리를 너무 많이 들려주지는 않겠다는 듯했다. 어머니는 그레고르가 자신의 말을 알아들을 수 없으리라 굳게 믿었다. "그러니까… 우리가 가구를 다 치워버린 걸 보면, 그 애가 나을 거라는 희망을 버리고 아무 생각 없이 내버린 것 같지 않겠니? 내 생각에는 이 방을 예전과 똑같이 놔두는 게 가장 좋을 것 같구나. 그레고르가 우리에게 돌아왔을 때 하나도 바뀌지 않은 걸 보면 그동안 있었던 일을 전부 잊어버리는 게 더 쉬울지도 모르잖니."

어머니의 말을 들은 그레고르는 두 달 동안 인간과

직접적인 접촉이 전혀 없는 데다 가족과 같이 있으면
서도 혼자 살다 보니 머리가 뒤죽박죽이 된 게 틀림
없다고 생각했다. 그게 아니라면 자기 방이 텅 비기
를 진심으로 바랐을 리가 없지 않은가. 정말로 편안
하게 꾸며놓은 이 포근한 방을, 집안 대대로 내려오
는 가구가 있는 이 방을 정말로 굴속같이 바꿀 마음
이었던가? 그래서 정말 사방팔방으로 거리낄 것 없
이 기어다니겠다고, 빠른 속도로 인간의 과거를 완전
히 잊어버려도 괜찮다고 생각했단 말인가?

　사실은 잊어버리기 직전이었다. 오랜 시간 듣지 못
한 어머니의 목소리를 듣자 비로소 정신이 번쩍 든
것이다. 아무것도 옮겨서는 안 된다. 전부 그대로 있
어야 한다. 그는 이 가구들이 자신의 상태에 미치는
좋은 영향을 없애버리고 싶지 않았다. 이 가구들 때
문에 생각 없이 기어다니는 행동이 제약을 받는다면,
가구들은 방해물이 아니라 오히려 상당한 이점이라
고 봐야 했다.

　그러나 안타깝게도 여동생의 생각은 달랐다. 그 애
는 부모님과 그레고르의 일을 의논할 때면 자신을

특별한 전문가쯤으로 생각하고 행동하는 버릇이 생겼던 것이다. 물론 근거가 없는 건 아니었다. 결국 어머니의 충고 역시 여동생이 보기에는 그저 처음에 옮기기로 혼자 작정한 서랍장과 책상뿐만 아니라, 옮길 수 없는 긴 소파를 제외하고 방에 있는 나머지 가구를 전부 옮길 만한 이유가 되었다. 그저 어린애다운 반항심이기도 했고, 지난 몇 주간 예상하지 못한 일을 억지로 떠맡으면서 생긴 설익은 자존심이기도 했다.

하지만 그게 전부는 아니었다. 그 애가 관찰한 결과 그레고르가 방 안을 기어다니려면 상당히 넓은 공간이 필요한데, 누가 봐도 가구는 그에게 전혀 쓸모가 없었던 것이다. 물론 그 나이 또래 여자 애들의 허황된 상상력도 한몫했을 것이다. 그런 감수성은 항상 어느 정도 채워져야 하는 것이니까. 게다가 그레테는 그레고르의 상황을 예전보다 훨씬 더 끔찍하게 여기고 싶은 마음을 주체하지 못했다. 그래야 이제까지 해온 것보다 더 많은 것을 해줄 수 있기 때문이었다. 그레고르가 혼자 마음껏 돌아다닐 만큼 방이 텅 비어야 그레테 말고는 아무도 발을 디딜 수 없을 테니 말이다.

실제로 여동생은 어머니의 반대에도 아랑곳하지 않고 결심한 대로 밀고 나갔다. 어머니는 지금의 방 상태도 큰 걱정이라 내키지 않아 했지만, 곧 입을 다물고 여동생을 도와 서랍장을 치우려고 안간힘을 썼다. 사실 그레고르는 서랍장이 없다 해도 사는 데 지장이 없었다. 하지만 책상은 당연히 그대로 두어야 한다. 여자들이 괴로운 신음을 흘리며 서랍장을 밀어 보려다 포기하고 잠시 방을 떠나기 무섭게 그레고르는 긴 소파 밑에서 머리를 내밀었다. 최대한 신중하고 조심스럽게 이 문제에 개입할 수 있을지 알아보려는 것이었다.

안타깝게도 그레테가 옆방에 있는 동안 어머니가 먼저 방 안으로 돌아왔다. 그동안 그레테는 두 팔로 서랍장을 잡고서 앞뒤로 흔드는 중이었다. 하지만 가구를 그 자리에서 옮길 수 없는 게 당연했다. 어머니는 그레고르의 모습을 익숙하게 봐오지 않은 터라 형체만 보고도 상태가 안 좋아질 수 있었기 때문에 그는 깜짝 놀라서 소파의 가장 안쪽으로 재빨리 몸을 움츠렸다. 그런데 그만 침대 시트의 앞쪽이 살짝 움직이고야 말았다. 어머니가 알아차리기에는 충분했다. 어머니는 놀라서 잠시 가만히 있다가 이윽고 그레테가 있는 곳으로 돌아갔다.

이렇다 할 일이 벌어진 건 아니라고, 그저 가구 두 점만 옮겨가는 거라고 그레고르는 계속해서 혼잣말을 했다. 그러나 모녀가 왔다갔다하면서 작게 부르는 소리와 가구가 바닥에서 질질 끌리는 소리가 그에게는 사방에서 점점 밀려들어오는 커다란 소동이나 다름없다는 사실을 곧 인정할 수밖에 없었다. 아무리 애써 머리와 다리를 움츠리고 바닥에 몸을 딱 붙인다 한들 이 상태로는 오래 버티지 못하리라는 것 역시 알았다.

두 사람은 그의 방을 치워버리고 있었다. 그의 수족과도 같은 것들을 전부 내가는 것이었다. 서랍장에는 실톱을 비롯한 공구들이 있었는데 그마저도 두 사람이 벌써 밖으로 가지고 나갔고, 이제는 바닥에 단단히 박힌 책상을 흔들기 시작했다. 상업학교에 다닐 때도, 중학생과 초등학생 시절에도 저 책상에서 숙제를 했는데…. 이제는 모녀가 무슨 좋은 의도를 가지고 있는지 알아보려 해도 시간이 없었다. 그는 두 사람의 존재를 잊다시피 했다. 둘 다 지친 나머지 입을 꾹 다물고 일하는 바람에 무거운 발소리밖에 들리지 않았다.

그레고르는 숨었던 곳에서 불쑥 튀어나왔다. 옆방에 있는 여자들은 책상에 몸을 기대고 숨을 고르는 중이었다. 그는 네 번이나 방향을 바꾸면서 이리저리 달려댔다. 무엇을 먼저 구해야 할지 알 수 없었기 때문이다. 그때 빈 벽에서 딱 눈에 들어온 것은 모피 차림의 여인이 담긴 그림이었다. 그는 급하게 기어가서 몸통을 유리에 딱 붙였다. 유리가 배에 달라붙자 뜨거운 배에 시원한 기운이 느껴져서 좋았다. 적어도 이 그림만은 그레고르가 지금 완전히 가리고 있으니 아무도 가져가지 못할 것이다. 그는 고개를 거실 문 쪽으로 돌리고 여자들이 돌아오는 모습을 지켜보려고 했다.

두 사람은 오래 쉬지도 않고 다시 돌아왔다. 그레테는 어머니를 팔로 감싸서 안고 들어오다시피 했다.

"이제 뭘 옮길까요?"

그레테는 묻자마자 주변을 둘러보았다. 이윽고 그 눈길이 액자에 붙어 있는 그레고르의 눈과 마주쳤다. 어머니가 옆에 있지 않았다면 동생은 절대로 지금과 같은 평정심을 유지하지 못했을 게 분명했다.

그레테는 어머니가 그 광경을 보지 못하도록 얼굴을 어머니 쪽으로 돌리면서 다급하게 말했다. 물론 당황하여 떨고 있었다. "잠깐만 거실로 다시 가요, 네?"

그레고르는 그레테의 의도가 뭔지 분명히 알았다. 어머니를 안전한 곳으로 모신 뒤 자신을 액자에서 떼어내려는 것이다. 어디 할 수 있으면 해보라지! 그는 그림에 딱 붙어 있었다. 그림을 내주지 않을 작정이었다. 그러느니 그레테의 얼굴에 뛰어들 테다.

하지만 그레테의 말을 들은 어머니는 더욱 불안해했다. 어머니는 그쪽으로 걸어가서 꽃무늬 벽지에 있는 거대한 갈색 반점을 보았다. 그리고 지금 보이는 게 사실은 그레고르라는 것을 제대로 알아차리지 못한 채 쉰 목소리로 새된 비명을 질렀다. "오, 세상에, 세상에!"

어머니는 모든 걸 포기한다는 듯이 팔을 벌리고

긴 소파에 쓰러져서는 그대로 움직이지 않았다.

"그레고르!" 여동생은 주먹을 들어 올리며 위협적인 모습으로 소리를 질렀다.

그가 변신한 후로 그 애가 자신에게 직접 말을 한 것은 이번이 처음이었다. 여동생은 기절한 어머니가 정신이 들 만한 약을 가져오기 위해 옆방으로 달려 갔다. 그레고르도 뭔가 돕고 싶었다. 그림을 구할 시간은 나중에도 있을 테니까. 그의 몸이 유리에 찰싹 달라붙은 통에 간신히 힘을 준 후에야 떼어낼 수 있었다. 그는 곧장 옆방으로 달려갔다. 마치 예전에 그 랬듯이 이번에도 뭔가 여동생에게 조언을 해줄 수 있을 것처럼 말이다.

하지만 다양한 약병을 뒤적거리며 어머니의 약을 찾는 동생 뒤에서 하릴없이 서 있다가, 뒤를 돌아본 동생을 엄청 놀라게 했을 뿐이었다. 약병 하나가 떨어져 바닥에서 산산조각이 났다. 그 조각 하나가 그 레고르의 얼굴에 상처를 냈고, 산 성분이 있는 물약이 주위에 고였다. 이윽고 그레테는 더 이상 꾸물대지 않고 집을 수 있는 약병은 다 집어서 어머니에게 돌아갔다. 그리고 발로 문을 닫아버렸다.

이제 그레고르가 어머니에게 갈 길도 막히고 말았다. 어머니는 자기 때문에 죽을 고비에 다다른 것일지도 모른다. 여동생을 쫓아내고 싶은 게 아니라면 저 문을 열 수도 없었다. 그 애는 어머니와 함께 있어야 하니까. 이제 그는 기다리는 일 말고는 할 수 있는 것이 없었다. 걱정스러운 마음과 스스로에 대한 혐오감에 괴로워하면서 기어다니기 시작했다. 벽과 가구, 천장 할 것 없이 사방팔방으로 기어다니다 결국 절망에 빠져서, 마치 온 방 안이 빙글빙글 도는 것 같은 느낌을 받으며 그만 커다란 탁자 한가운데로 쿵 떨어져버렸다.

잠시 시간이 흘렀다. 그레고르는 사방이 고요한 가운데 누워 있었다. 어쩌면 이건 좋은 징조일지도 모른다. 그때 초인종이 울렸다. 하녀는 당연히 부엌문을 잠그고 있었기 때문에 그레테가 문을 열어야 했다. 아버지가 돌아온 것이다.

"무슨 일이냐?" 아버지가 대뜸 물었다.

아버지는 그레테의 표정만 보고도 모든 걸 알아

챘다. 그레테의 목소리가 먹먹하게 들리는 것으로 보아 아버지 가슴에 얼굴을 묻고서 말한다는 걸 알 수 있었다.

"어머니가 기절했어요. 하지만 곧 괜찮아질 거예요. 그레고르 오빠가 방에서 나왔어요."

"그럴 줄 알았다. 내가 항상 말하는데도 너희 여자들은 도대체 말을 듣지 않아."

그레고르는 아버지의 말뜻을 깨달았다. 아버지는 그레테의 간략한 설명만 듣고 그레고르가 폭력이라도 휘두른 줄 오해하는 거였다. 그레고르는 아버지를 진정시킬 궁리를 해야 했다. 하지만 아버지의 오해를 풀 만한 시간도 방법도 없었다. 이런 생각을 하며 자기 방 앞으로 잽싸게 달아나 몸으로 문을 밀었다. 아버지가 현관에서 거실로 들어왔을 때, 자신이 방으로 즉시 들어가고 싶어 한다는 걸 알아차릴 테니까. 그에게 문만 열어준다면 어서 들어가라고 몰아댈 필요도 없이 곧바로 사라져줄 것이다.

하지만 아버지는 그의 이런 깊은 뜻을 알아차릴 만한 기분이 아니었다. "아!" 아버지는 들어오자마자 분

노와 기쁨을 동시에 느끼는 듯한 목소리로 소리쳤다.

그레고르는 문에서 머리를 돌려 아버지를 쳐다보았다. 그런데 눈앞에 선 아버지는 전혀 예상하지 못한 모습이었다. 물론 요즘 들어 기어다니는 데 재미를 붙인 터라 이 집에서 무슨 일이 일어나는지 예전만큼 신경 쓰지 못한 건 사실이었다. 상황이 변했다는 걸 맞닥뜨릴 마음의 준비를 하고 있어야 했다.

아무리 그래도 그렇지, 이게 정말 그가 알던 아버지란 말인가? 그레고르가 출장 갈 때면 침대에 힘없이 파묻히다시피 누워 있던 아버지가 이 남자라고? 밤이 되어 돌아오면 잠옷 차림으로 소파에 앉아 있던 아버지였는데? 일어설 수가 없어서 그저 팔만 들어 올려 반가움을 나타내고, 1년에 고작해야 몇 번, 일요일이나 휴일에 다 같이 산책 나가는 경우에도 천천히 걷는 그레고르와 어머니 사이에서 더욱 느릿느릿 걷던 아버지 아닌가? 낡은 코트로 몸을 칭칭 감싸고 언제나 조심스럽게 지팡이를 짚으며 걷던 아버지, 뭔가 말하고 싶을 때면 언제나 가만히 그 자리에서 멈춰서서 같이 가던 사람들을 본인 쪽으로 모이게 만들던 아버지가 저 남자라고?

지금 보는 아버지는 아주 똑바로 서 있었다. 몸에
걸친 빳빳한 파란 제복에는 은행 경비원의 제복에서
볼 법한 금 단추가 달려 있었다. 높다랗고 빳빳한 재
킷 칼라 위로 아버지의 두 겹 진 턱이 솟아 있었다.
북슬북슬한 눈썹 아래로는 검은 눈이 생생하고도 주
의 깊게 번뜩였다. 다소 텁수룩한 백발은 가르마를
정성스럽게 똑바로 타서 반들반들하게 빗질했다. 아
버지는 은행을 나타내는 듯한 금장식이 붙은 모자를
방 저편으로 휙 던졌고, 모자는 호를 그리며 긴 소파
에 떨어졌다.

이윽고 아버지는 기다란 유니폼 재킷 자락을 뒤
로 젖히고 주머니에 손을 찔러넣더니 기분 나쁜 얼굴
로 그레고르를 바라보았다. 본인도 자신이 뭘 하려는
건지 모르는 듯한 모습이었다. 어쨌든 아버지는 전
에 없이 발을 높이 들어 올렸고, 그레고르는 아버지
의 장화 밑창이 엄청나게 커다란 걸 보고 경악했다.
그는 꾸물대지 않았다. 새로운 삶이 시작된 첫날부터
아버지는 그를 더할 나위 없이 모질게만 대하는 게

옳다고 여기는 듯했으니까.

당장 아버지에게서 도망쳤다. 아버지가 걸음을 멈추면 자신도 서고, 그러다 아버지가 움직이면 그 역시 서둘러서 움직이는 식이었다. 이렇게 둘은 딱히 어떤 결정을 내리지 못한 채 방 안을 몇 바퀴 돌았다. 아버지가 그를 따라가는 속도가 느렸기 때문에 빙빙 도는 모습이 그레고르를 몰아대는 것처럼 보이지는 않았다. 그래서 그레고르도 당장은 다른 데 가지 않고 바닥에 있었다. 혹시 그가 벽이나 천장으로 도망친다면 아버지가 대단히 나쁜 속셈이 있어서 그런 거라고 여길 것이 정말 무서웠기 때문이다. 어쨌든 이렇게 빙빙 도는 것도 오래 끌 수는 없으리라는 사실을 그레고르는 깨달아야만 했다. 아버지는 한 걸음을 걷는 것이지만, 그레고르 쪽은 엄청나게 많은 다리를 움직여야 했으니까.

곧 호흡이 가빠지기 시작했다. 그는 예전에도 폐가 좋지는 않았다. 빙빙 도느라 모든 힘을 다 써버린 나머지 비틀거리기 시작했다. 눈은 뜨지도 못할 정도였다. 흐릿한 정신 때문에 빙빙 도는 것 말고 달리

도망칠 가능성이 있다는 생각은 전혀 들지 않았다. 벽을 타고 움직일 수도 있다는 사실을 완전히 잊어버린 것이다. 벽에는 세심한 장식을 하여 끝이 삐죽삐죽한 가구들이 있기 때문에 움직이는 데 방해가 되었을 테지만. 그때 그레고르 바로 옆으로 무언가 날아오더니 가볍게 돌다가 그 앞으로 데굴데굴 굴러왔다. 사과였다. 곧이어 두 번째 사과가 날아왔다.

그레고르는 너무 놀라 그 자리에 멈춰섰다. 계속 움직여봤자 소용없었다. 아버지가 그에게 일제 사격을 퍼붓기로 작정했기 때문이었다. 과일 그릇에서 사과를 집어 주머니에 잔뜩 넣고는 그를 향해 던지고 있었다. 당장은 목표물을 정확히 맞히겠다는 의도가 없는 듯 계속해서 사과가 날아왔다. 작고 빨간 사과가 전기가 통하듯이 바닥을 구르며 서로 부딪쳤다. 느리게 던진 사과 하나가 그레고르의 등에 맞았지만 상처를 입히지 않고 미끄러지며 떨어졌다. 그러나 곧이어 날아온 사과가 그레고르의 등에 정확히 꽂히고 말았다. 그레고르는 깜짝 놀랄 정도로 심한 통증을 느꼈고, 혹시 방향을 바꿔보면 잊을 수 있지 않을까 싶어 애써 앞으로 몸을 질질 끌어댔다. 하지만 결국 못에 박힌 듯한 느낌만을 받고서 온 감각이 완전한 혼란에 빠진 채로 그 자리에 주저앉았다.

그가 마지막으로 본 것은 방문이 활짝 열리더니 비명을 지르는 여동생 앞으로 어머니가 옷매무새가 흐트러진 채 뛰어나온 모습이었다. 여동생이 어머니가 기절한 동안 편하게 숨을 쉬도록 옷을 반쯤 벗겨놓은 터였다. 어머니가 아버지에게 달려가는 동안 미처 여미지 못한 치마가 조금씩 허리에서 벗겨져나가는 모습도 보였다. 어머니는 치마 사이에서 비틀거리다 아버지 품으로 뛰어들어 끌어안았고, 마침내 아버지와 완벽한 한몸이 되었다.

하지만 시력이 제 기능을 발휘하지 못하는 탓에 그레고르가 보지 못한 것이 있었다. 어머니는 아버지의 뒷목을 두 손으로 붙잡고 부디 그레고르의 목숨을 빼앗지 말아달라고 빌었던 것이다.

제 3 장

＊

그레고르가 심한 상처를 입은 지도 한 달이 넘어갔
다. 사과는 그대로 살 속에 박혀 있었다. 아무도 감히
빼내려 들지 않았기 때문에 눈에 보이는 기념물처럼
남은 터였다. 다행히 그 상처를 보며 아버지도 그레
고르가 가족이라는 걸 떠올린 것 같았다. 비록 처량
하고 끔찍한 모습이지만 원수처럼 대해서는 안 되는
일이니까. 가족의 의무란 혐오감을 애써 누르고 그저
참고 또 참는 것이라는 듯.

이제 그레고르는 상처 때문에 제대로 움직일 수 없
을 것 같았다. 방을 가로지르는 데도 늙은 상이용사가

걷듯이 아주 오랜 시간이 걸렸다. 이런 형편이니 벽을 타고 오른다는 건 생각조차 할 수 없었다. 하지만 상태가 악화되었음에도 불구하고 그레고르가 보기에는 이 상황을 충분히 상쇄할 만한 보상이 있었다. 이제는 밤마다 거실 쪽 문이 열렸기 때문이다.

그는 문이 열리기 한두 시간 전부터 문 쪽을 예리하게 주시하다가, 문이 열리면 거실 쪽에서 그가 보이지 않도록 방 안의 어둠 속에 가만히 있었다. 온 가족이 탁자에 둘러앉은 모습을 바라보면서 그들의 이야기를 듣는 게 공식적으로 허용된 셈이었다. 예전과는 아주 다른 상황이었다.

하지만 가족의 대화가 예전처럼 활기차지 않았다. 그 옛날 그레고르가 좁은 호텔의 습기 찬 침대에 지친 몸을 털썩 널 때마다 그리워하며 떠올리던 가족의 대화는 더 이상 없었다. 지금은 아주 조용할 뿐이었다. 아버지는 저녁을 들자마자 자기 소파에 앉아 잠들었다. 어머니와 여동생은 서로 조용히 하라며 주의를 주었다. 어머니는 불빛 아래 고개를 숙이고 옷가게에서 받아 온 고급 속옷을 바느질했다. 점원으로 근무하기 시작한 여동생은 나중에 더 좋은 자리를 얻을 수 있을 거란 생각으로 밤마다 속기와 프랑스어를 공부했다.

아버지는 잠에서 깨곤 했는데, 본인이 잠들었다는 생각은 전혀 하지 않고서 어머니에게 말했다. "당신은 왜 이렇게 늦게까지 바느질을 하는 거요!"

그런 뒤 아버지는 곧바로 다시 잠들었고, 그 모습을 본 어머니와 여동생은 서로를 향해 살짝 미소를 지었다.

무슨 이상한 고집인지, 아버지는 집에 와서도 제복을 벗지 않았다. 잠옷은 옷걸이에 하릴없이 걸어놓고 제복 차림으로 자리에 앉아서 졸았다. 상사의 목소리가 들리기를 기다리며 대기하듯이 말이다. 그래서 처음부터 새것이 아니었던 제복은 어머니와 여동생이 아무리 깨끗하게 손질해도 소용이 없었다. 그레고르는 언제나 잘 닦아서 반짝이는 금 단추와 어울리지 않게 얼룩 진 재킷을 저녁 내내 바라보곤 했다. 상당히 불편해 보이지만 노인은 아랑곳없이 편안하게 입고 잠든 그 재킷을.

그러다 시계가 10시를 치면 그레고르의 어머니는
몇 마디 조용히 말을 건네서 아버지를 깨우며 침대
에 가서 자라고 달랬다. 의자에 앉아서는 제대로 잘
수 없을 것이 분명했다. 새벽 6시까지 출근하려면 반
드시 푹 자야 했다. 하지만 아버지는 은행에 근무하
면서 생긴 고집을 부려대며 계속 졸면서도 한사코 소
파에 앉아 있겠다고 말하는 것이었다. 한참 실랑이를
하고 나서야 비로소 침대로 가겠다고 했다. 어머니와
여동생은 가볍지만 끈질긴 잔소리를 마음껏 해댔고,
아버지는 15분 동안 눈을 감은 채 그저 천천히 고개
를 흔들 뿐 일어서지 않았다. 어머니는 아버지의 소
매를 붙잡고 귀에다 속삭이듯 어르고 달랬으며, 여동
생은 공부하던 것을 놔두고 어머니를 도와주러 왔지
만 아버지는 꿈쩍도 하지 않았다. 오히려 소파에 더
깊이 몸을 파묻을 뿐이었다.

아버지는 두 여자가 양 겨드랑이 사이에 몸을 둘러
야 눈을 뜨고 어머니와 여동생을 번갈아 바라보면서
말했다. "이런 게 사는 거지. 내 늘그막에 찾아온 평
화로구나."

아버지는 두 여자의 부축을 받으며 마치 엄청난 짐을 몸소 지고 있는 것처럼 여봐란듯이 일어섰다. 그렇게 여자들의 부축을 받으며 문가에 이르면 둘의 손길을 뿌리치고 혼자서 방으로 들어갔다. 그러는 동안 어머니는 바느질감을 급히 놔두고, 동생은 깃펜을 급히 내려놓고 아버지를 계속 도우려고 그 뒤를 달려갔다.

이렇듯 식구들이 과로로 지치고 피곤한데, 필요 이상으로 그레고르를 돌봐줄 사람이 누가 있겠는가? 살림살이는 점점 더 쪼들려만 갔다. 결국 하녀를 내보냈다. 아주 힘든 일은 몸집이 크고 흰 머리를 산발한 늙은 파출부가 아침과 저녁에 한 번씩 와서 해주었다. 그 밖의 집안일은 안 그래도 바느질감이 많은 어머니의 몫이었다. 집안 대대로 내려온 온갖 보석마저도 팔아버려야 했다. 어머니와 여동생이 놀러 가거나 축제에 참석할 때 아주 기뻐하며 몸에 착용하는 것들이었다. 어느 날 밤 보석을 팔면 얼마나 될까 논의하는 소리를 듣고서 알아낸 사실이었다.

하지만 식구들의 가장 큰 불만은 이 집을 떠날 수 없다는 점이었다. 이 집은 지금 형편에 비해 지나치게 넓었지만, 그레고르를 데리고 어떻게 이사할지 상상조차 할 수 없었다. 하지만 그레고르가 보기에는 이사를 못 가는 게 그저 자기를 배려하기 때문만은 결코 아니었다. 그를 넣을 만한 상자를 구해다 숨구멍 몇 개만 뚫어주면 쉽게 옮길 수 있는 일 아닌가.

새집으로 이사 가지 못하는 가장 큰 이유는 식구들이 완전한 절망에 빠져 있기 때문이었다. 주변 친척이나 지인들에게는 한 번도 일어난 적 없는 이토록 큰 불행을 당했다는 생각에 사로잡혔으니까. 식구들은 가난한 사람들이 이 세상에서 살아가기 위해 응당 해야 하는 일을 최대한 해내고 있었다. 아버지는 직급이 낮은 은행원들에게 아침 식사를 나르는 일을 했고, 어머니는 알지도 못하는 사람들의 속옷을 바느질하느라 몸을 혹사했으며, 여동생은 손님들의 주문에 따라 카운터 주변을 이리저리 뛰어다녔다.

하지만 여기까지가 식구들의 한계였다. 어머니와 여동생은 아버지를 침대에 데려다주고 나서 자리로 돌아왔다. 그리고 하던 일을 그대로 둔 채 나란히 앉아 서로의 뺨을 맞대고 앉았다. 이윽고 어머니가 그의 방문을 가리키며 "이제 문을 닫으렴, 그레테."
하고 말하면 그레고르는 또다시 어둠 속에 남겨지는
것이었다. 옆방에서는 뺨을 맞댄 두 여자가 울다가 서
로 눈물이 섞여 흐를 때도 있고, 눈물 없이 가만히 앉
아 하염없이 탁자만 바라볼 때도 있었다. 그럴 때면
그레고르의 등에 난 상처가 새로이 아파오곤 했다.

그레고르는 밤이건 낮이건 거의 뜬눈으로 새웠다.
가끔씩 식구들의 생활을 예전처럼 다시 책임져야겠
다고 생각했다. 지금까지 잊었던 사장이나 지배인이
다시 뇌리에 떠올랐고, 이어서 점원과 견습생, 좀 둔
했던 하인과 다른 회사에 다니는 친구 두셋, 사랑스
럽지만 덧없는 추억을 만들었던 시골 호텔의 청소부
아가씨, 진지했지만 너무 느릿느릿 구애를 했던 모자
가게 점원 아가씨까지 모두 모르는 사람들이나 이미
잊고 살아온 이들과 섞여서 나타났다. 하지만 자신이
나 가족을 도와줄 만한 사람들이 아니라 이제는 연락
할 수도 없기에 그들의 모습이 머릿속에서 사라지자
오히려 기분이 좋아졌다.

가끔은 가족을 돌봐야겠다는 마음이 전혀 들지 않

을 때도 있었다. 그럴 때는 오히려 자신이 얼마나 푸대접을 받고 있는지 생각하며 분노가 치밀었다. 그래서 뭘 먹으면 좋을지 생각나지도 않으면서 어떻게 하면 식료품 저장실에 가서 먹을 만한 걸 찾아올까 궁리했다. 배가 고프지 않은데도 말이다. 여동생은 그레고르가 뭘 먹으면 특히 좋아할까 같은 생각은 하지 않은 채 아침과 점심 일하러 가는 길에 아무 음식이나 골라서 방 안에 발로 급히 밀어넣었다. 밤이 되면 다시 들어와서는 혹시 조금이라도 먹었는지, 전혀 입도 안 댔는지 따위는 안중에도 없는 듯 빗자루로 한번 획 쓸어담고 나가버렸다. 음식은 대부분 먹지 않은 채였다.

방 정리도 항상 밤에만 하고 청소도 그렇게 빨리 끝낼 수가 없었다. 더러운 자국이 벽을 따라 그대로 남았고, 뒤엉킨 먼지와 쓰레기가 방 안 여기저기에 뒹굴었다. 그레고르의 여동생이 처음 방에 들어왔을 때는 이 문제를 특별히 알려주기 위해 일부러 구석에 자리를 잡았다. 이러고 있으면 청소를 제대로 안 하는 상황을 비난한다고 알아주겠지. 하지만 일주일

내내 구석에 있어도 동생은 나아지는 기색이 없었다. 방의 더러운 상태를 동생도 똑똑히 보았지만 그냥 놔 두기로 작정한 것이다. 그러면서도 그레고르의 방은 자신이 청소해야 한다고 예민하게 굴며 가족들이 아 무것도 건드리지 못하게 했다.

한번은 어머니가 그레고르의 방을 대청소한다고 들어오더니 물만 몇 통 써서 끝내고 말았다. 그레고 르는 온통 축축해진 방에 화가 난 나머지 긴 소파 위 에서 괴로워하며 움직이지도 않고 축 늘어져 있었다. 결국 어머니는 이 일로 비난을 받아야 했다. 밤에 돌 아온 여동생이 그레고르의 방이 달라진 걸 알아채자 마자 마음이 상한 나머지 거실로 달려왔고, 달래려는 어머니의 손짓을 무시한 채 격하게 울기 시작했다. 여느 때처럼 아버지는 소파에 파묻혀 있었다.

두 분은 놀라서 어쩔 줄 모른 채 보고만 있다가 곧 흥분하기 시작했다. 아버지는 어머니에게 그레고르 의 방을 왜 딸이 돌보게 내버려두지 않았냐고 비난했 다. 그리고 왼편에 서 있는 딸에게 이제부터 다시는 그레고르의 방을 청소하지 말라고 으름장을 놓았다.

너무 화가 나서 제정신이 아닌 아버지를 어머니가 질질 끌며 자러 보내는 동안 여동생은 몸을 부들부들 떨면서 작은 주먹으로 탁자를 마구 쳐대고 흐느꼈다. 그레고르는 분노에 차서 시끄럽게 쉭쉭 소리를 냈다. 이런 광경과 소란을 자신이 보지 않도록 문을 닫아주는 사람이 아무도 없었기 때문이다.

여동생이 직장 생활에 지쳐서 그를 예전처럼 돌봐주지 못한다 해도 어머니가 대신 들어올 필요는 전혀 없었다. 그레고르가 방치된 채로 힘들어할 필요도 없었다. 이제는 파출부가 있으니까 말이다. 이 늙은 과부는 긴 세월 온갖 풍파를 다 겪으면서도 튼튼한 몸집 덕분에 살아남은 사람이었고, 그래서인지 그레고르를 특별히 역겹게 생각하지 않았다.

한번은 어쩌다 그레고르의 방문을 여는 바람에 그를 보고 말았다. 그레고르는 너무 놀라서 누가 쫓아오지 않는데도 이리저리 움직이기 시작했고, 그 모습을 본 파출부는 놀라서 두 손을 모으고 그 자리에 서 있었다. 그 후로 파출부는 아침저녁마다 잠깐씩 문을 열고 그를 들여다보았다. 처음에는 그레고르를 자기 쪽으로 불러오려는 마음에 자기 딴에는 정다운 말이랍시고 "이리 와, 늙어빠진 쇠똥구리야!"라고 하거나 "저 늙은 쇠똥구리 좀 보시게!" 같은 말을 내뱉었다. 그레고르는 문이 아예 열리지 않았다는 듯 아무런 반응 없이 제자리에 가만히 있을 뿐이었다. 이 파출부가 쓸데없이 자기 멋대로 소란을 피우게 놔둘 거면 차라리 매일 방 청소라도 해주지!

한번은 이른 아침에 이런 일도 있었다. 벌써 봄이 오려는지 빗줄기가 창문 빗물받이를 심하게 때려대는 중에 그날도 어김없이 파출부가 말장난을 시작하자 그레고르는 화가 나서 공격하려는 듯이 그쪽으로 천천히 돌아섰다. 물론 좀 느릿느릿하고 힘없는 동작이기는 했다. 파출부는 무서워하기는커녕 문 옆에 놓인 의자를 집어서 높이 쳐들었다. 그리고 그 자리에 서서 입을 크게 벌린 모습을 보자 의도가 뭔지 분명히 알 수 있었다. 손에 들린 의자로 그레고르의 등을 내려치기 전까지는 그 입을 다물지 않을 작정인 것이다.

"왜 계속 덤벼보지 않고?"

그레고르가 다시 방향을 돌리자 파출부가 의자를 구석에 가만히 돌려놓았다.

이제 그레고르는 거의 아무것도 먹지 않았다. 그저 어쩌다 준비된 음식 옆을 지나노라면 재미삼아 한 입 물고서 몇 시간이고 있다가 다시 뱉어버리곤 했다. 처음에는 음식을 먹지 못하게 된 게 방의 상태가 슬퍼서 그런 거라고 생각했다. 그러나 사실을 말하자면 그는 변해버린 방에 너무 빨리 익숙해지고 말았다. 모든 사람이 그의 방을 물건을 넣어두는 창고로 사용하는 버릇이 생겼던 것이다. 게다가 집에 있는 방 중 하나를 세 명의 신사에게 빌려주었기 때문에 정말 많은 물건이 쌓였다.

그레고르는 어느 날 문틈을 통해 이 사람들을 봤는데, 셋 다 얼굴에 덥수룩한 수염이 났다. 그 신사들은 상당히 진지하며 정리정돈을 아주 꼼꼼하게 했는데, 집세를 낸 이후부터 자기들 방뿐만 아니라 집안 살림살이를 죄다 간섭했고 특히 주방에 신경을 썼다. 더러운 건 물론이고 불필요한 물건이 있는 걸 참지 못했다. 게다가 자기들이 쓸 가구를 어마어마하게 많이 가져왔다. 이런 사정 때문에 쓰지 않는 물건이 아주 많아졌는데, 팔 수도 없고 버릴 수도 없는 노릇이라 전부 그레고르의 방에 들어온 것이다.

부엌에 있던 재 상자와 쓰레기통까지 그레고르의 방으로 들어왔다. 항상 엄청나게 바쁜 파출부는 딱 보기에 필요 없는 물건 같으면 그냥 그레고르의 방에 던져놓았다. 고맙게도 그레고르에게는 보통 그 물건과 물건을 잡은 손만 보였다. 아마도 그녀는 언제고 시간과 여건이 될 때 그 물건들을 다시 꺼내거나 아니면 전부 한 번에 갖다버리려는 마음이었을 것이다. 하지만 실제로 물건들은 한번 들어온 자리에서 옮겨진 적이 없었다. 그레고르가 그런 폐기물 사이를 헤치고 지나갈 때만 제자리에서 벗어날 뿐이었다. 처음에는 마음껏 기어다닐 수 없었기 때문에 물건들을 치워야 했지만, 나중에는 물건을 옮기는 데 점점 재미가 들었다. 하지만 물건 사이를 헤매고 다니다 보면 죽을 정도로 피곤하고 슬퍼져서 다시 몇 시간이고 꼼짝도 않는 것이었다.

하숙인들은 종종 집에서 저녁을 먹을 때도 있었

는데, 함께 쓰기로 한 거실을 이용했다. 그런 날이면 거실 문을 닫았지만, 그레고르는 문이 닫힌 상황을 쉽게 받아들였다. 사실 문을 열어놓은 날도 나와서 가족을 보며 이야기를 듣지 않을 때가 종종 있었다. 가족들은 몰랐겠지만 그레고르는 그냥 자기 방 깊은 구석에 들어가 있었다.

그러던 어느 날 파출부가 거실 쪽 문을 살짝 열어 놓았는데 그날 밤 하숙인들이 돌아와 거실 불을 켰다. 하숙인들은 예전에 그레고르가 아버지, 어머니와 함께 앉았던 탁자 상석에 앉아 냅킨을 펴고 나이프와 포크를 집어 들었다. 곧이어 그레고르의 어머니가 고기를 담은 대접을 들고 문가에 나타났으며, 바로 그 뒤를 따라 여동생이 감자를 가득 담은 대접을 들고 들어왔다. 뜨거운 음식에서 김이 모락모락 피어올랐다.

하숙인들은 음식을 검사라도 하듯 앞에 놓인 대접 쪽으로 몸을 숙였다. 셋 중 가운데 앉은 신사가 옆에 앉은 두 신사에게 명령하듯 손짓했다. 거기 있는 고기 한 조각을 잘라서 속이 부드럽게 잘 익었는지,

다시 요리하라고 부엌으로 돌려보낼 필요는 없는지 알아보라는 것이었다. 이윽고 그가 음식을 마음에 들어 하자, 그 모습을 초조하게 지켜보던 그레고르의 어머니와 여동생은 안도의 한숨을 내쉬며 미소 짓기 시작했다.

정작 식구들은 부엌에서 밥을 먹었다. 그레고르의 아버지는 부엌으로 가는 길에 거실에 들러서 손으로 모자를 잡은 채 한 번 고개 숙여 인사하고 탁자를 한 바퀴 돌았다. 하숙인들은 모두 앉은 자리에서 일어나 수염을 움직이며 뭐라고 중얼거렸다. 그리고 다시 세 사람만 아무런 말도 없이 식사를 계속했다. 그레고르가 특히 놀란 건 사람이 밥을 먹으면서 내는 다양한 소리 중에서도 특히 음식을 이로 씹는 소리가 들린다는 점이었다. 사람은 음식을 먹으려면 이가 필요하고, 제아무리 멋진 잇몸이 있어도 이가 없으면 아무것도 할 수 없다고 그레고르에게 알려주는 듯했다.

"뭘 좀 먹고 싶네." 그레고르는 슬프게 혼잣말을 했다. "하지만 저런 거 말고. 하숙하는 사람들은 저렇게 잘 먹는데, 나는 굶주린 채 죽어가는구나!"

그날 밤은 부엌에서 바이올린 소리가 들려왔다. 그레고르는 지금껏 바이올린을 연주하는 줄도 몰랐다. 하숙인들은 이미 저녁 식사를 마친 상태였다. 가운데 앉은 신사가 신문을 펼치고 옆에 있는 두 사람에게 한 장씩 줘서 지금 세 사람은 의자에 기대앉아 담배를 피우며 신문을 읽는 참이었다. 그들은 바이올린 연주가 시작되자 흥미를 보이더니 자리에서 일어나 부엌으로 이어지는 문까지 살금살금 다가갔다. 이들이 움직인 소리가 부엌에도 들린 게 틀림없었다. 아버지가 이렇게 소리쳤기 때문이다.

"여러분, 혹시 연주를 듣기 싫습니까? 그럼 바로 그만두겠습니다."

가운데 있는 신사가 말했다. "전혀 아닙니다. 괜찮다면 아가씨가 우리 쪽으로 와서 연주를 하는 게 어떨까요? 여기가 훨씬 더 편하고 안락하지 않겠습니까?"

"아, 그럼요." 아버지는 자신이 바이올린 연주자라도 되는 것처럼 외쳤다.

신사들은 거실로 돌아와서 기다렸다. 곧 보면대를 든 아버지와 악보를 든 어머니, 바이올린을 든 여동생이 들어왔다. 여동생은 조용히 연주 준비를 했다. 부모님은 한 번도 하숙을 해본 경험이 없는지라 이 하숙인들을 너무 정중하게 대한 나머지 자신들이 앉던 의자에 앉을 엄두도 내지 못했다. 아버지는 단추를 모두 여민 제복 재킷의 단추 사이에 오른손을 끼워넣고 문에 기대어섰다. 하숙인 중 하나가 어머니에게 소파를 양보했다. 하숙인이 구석에다 소파를 두었기 때문에 어머니는 소파를 그 위치에 그대로 두었고, 그래서 어머니가 앉은 곳은 구석 자리였다.

여동생이 연주를 시작했다. 아버지와 어머니는 각자 있는 자리에서 그 애의 손이 움직이는 모습을 주의 깊게 바라보았다. 여동생의 연주에 홀린 그레고르는 용기를 내어 평상시보다 조금 더 앞으로 나왔고, 벌써 거실 쪽으로 머리를 내민 채였다.

요즈음은 다른 사람들을 별로 신경 쓰지 않았다는 사실도 그리 놀랍지 않았다. 이제껏 자신이 다른 사람을 배려해왔다는 사실이 참 자랑스러웠는데. 게다가 지금이야말로 반드시 모습을 숨겨야 할 때가 아닌가. 방 안에 먼지가 안 쌓인 데가 없는 데다 아무렇게나

쌓아둔 물건 때문에 몸을 움직일 수 없어서 먼지투성이가 된 상태였다. 등과 옆구리에는 실과 머리카락에다 음식물 찌꺼기까지 붙어 있었다. 모든 일에 지나치게 무관심해진 상태라 한때는 하루에도 몇 번씩 몸을 뒤집고 카펫에 등을 문지르던 습관마저 없어졌다. 이런 상태인데도 그레고르는 주저하지 않고 깨끗한 거실 바닥으로 조금씩 나갔다.

물론 아무도 그의 등장에 관심이 없었다. 가족들은 바이올린 연주에 완전히 빠져 있었다. 하숙인들은 바지 주머니에 손을 넣은 채로 여동생의 보면대 뒤에 딱 붙어섰다. 악보를 전부 볼 수 있을 정도로 가까이 서 있어서 분명히 여동생에게는 방해가 되었을 것이다. 하지만 곧 창문 쪽으로 물러서더니 조용히 이야기를 나누며 거기 그대로 서 있었다. 아버지는 불안한 눈빛으로 그들을 주시했다. 그들은 아름답거나 기분 전환이 될 만한 바이올린 연주를 들을 거라고 예상했는데 그렇지 않아 실망한 기색이 역력했다. 연주를 듣는 데 벌써 싫증이 났지만, 그래도 예의는 차려야 하니까 편하고 조용히 있을 시간을 방해한 바이올린 연주를 참고 듣는다는 식이었다. 그들 모두 담배를 피우며 코와 입에서 나온 연기를 높이 뿜어대는 모습을 보면 잘 알 수 있었다.

그렇지만 여동생은 정말로 아름답게 연주했다. 얼굴을 한쪽으로 기울이고서 무언가를 알아보려는 듯한 슬픈 표정을 지으며 눈길은 악보의 흐름을 따라갔다. 그레고르는 조금 더 앞으로 다가가서 동생과 눈이 마주칠 수도 있다는 마음으로 머리를 바닥 가까이 붙였다. 이토록 음악에 감동을 느끼는데, 그가 어째서 한낱 벌레에 불과하단 말인가? 간절히 바라 마지 않는 저 알 수 없는 영양분을 얻는 길이 자신에게 펼쳐진 것 같았다.

그는 여동생에게 기어가기로 마음먹었다. 그 애의 치맛자락을 잡고서 자기 방에 들어와 바이올린을 연주하라는 의도를 전하기로 말이다. 이곳에 있는 사람 중 그 누구도 자신만큼 그 애의 연주를 알아주는 사람이 없으니까. 그리고 다시는 그 애를 방에서 내보내지 않을 작정이었다. 자신이 살아 있는 한은 말이다. 자신의 소름끼치는 모습이 쓸모 있다고 여긴 것도 처음이었다. 방에 나 있는 문마다 달려가 누구든 공격하는 사람이 있으면 쉭쉭거려줄 테다.

하지만 여동생은 억지로 있는 게 아니라 스스로 머무르고 싶어서 있어야 한다. 여동생이 자신의 옆자리 긴 소파에 앉아서 소리를 잘 들으려고 허리를 굽히면, 그 애를 음악 학교에 보내기로 굳게 마음먹었다고 이야기해줄 터였다. 이 끔찍한 일 때문에 계획에 차질이 생기지 않았다면 지난 크리스마스 때 모두에게 이야기했을 텐데. 아니, 크리스마스가 이미 지났던가? 어떤 식의 반대가 있더라도 절대로 흔들리지 않고 마음먹은 대로 했을 것이다. 그렇게 선언하고 나면 여동생은 너무나 감동한 나머지 눈가에 눈물이 글썽일 테고, 그레고르는 그 애의 겨드랑이 높이까지 몸을 일으켜서 목덜미에 키스를 해주리라. 이제는 매일같이 가게에 일하러 가느라고 리본도 옷깃도 달지 않은 그 목에.

"잠자 씨!" 가운데 있는 신사가 아버지에게 소리치더니 더 이상 쓸데없는 말을 덧붙이지 않고, 천천히 다가오는 그레고르를 검지로 가리켰다. 바이올린 소리가 뚝 그쳤다. 가운데 선 신사는 그저 미소를 지으면서 머리를 흔들고는 친구들 쪽으로 고개를 돌렸다가 다시 그레고르를 바라보았다. 아버지는 그레고르를 방 안으로 쫓아버리는 것보다 하숙인들을 진정시키는 게 더 시급한 일이라고 여긴 것 같았다. 사실을 말하자면 신사들은 별로 화가 나지 않았으며 오히려 바이올린 연주보다 그레고르가 더 흥미롭다고 생각하는 것처럼 보였다.

아버지는 급히 하숙인들 쪽으로 다가가서 팔을 벌리고 그들을 하숙방에 몰고 가려 했다. 동시에 몸으로 시야를 막아 그레고르를 보지 못하게 했다. 그러자 신사들은 정말로 화가 좀 났다. 화난 이유가 아버지의 행동 때문인지, 아니면 자신들이 그레고르 같은 것과 한집에서 쭉 살아왔다는 사실을 미처 몰랐다가 이제야 알았기 때문인지는 분명하지 않았다. 그들은 아버지에게 무슨 일인지 설명해달라고 요구하며 팔을 휘젓고 침착하지 못하게 수염을 잡아당기면서 천천히 하숙방 쪽으로 물러나 버렸다.

한편 여동생은 갑자기 연주가 중단된 후로 당황한

상태였다. 그 애는 매우 놀란 나머지 힘없이 늘어뜨린 두 손에 바이올린과 활을 잡고 있었다. 그러면서 악보에 시선을 둔 모습은 마치 다시 연주를 시작할 것처럼 보였다. 하지만 정신을 차린 여동생은 어머니의 무릎에 악기를 내려놓았다. 어머니는 호흡 곤란으로 가슴을 헐떡이며 소파에 앉아 있었다. 여동생은 옆방으로 달려갔다. 하숙인들 역시 이제 아버지가 몰아붙이는 속도보다 더 빠르게 방으로 다가가고 있었다. 여동생이 노련한 손길로 침대의 이불과 베개를 높이 들어 올려 정리하는 모습이 보였다. 하숙인들이 들어오기 전에 침구를 다 정리하고는 방에서 빠져나왔다.

그레고르의 아버지는 또다시 특유의 고집에 심하게 사로잡힌 상태라 어쨌든 하숙인들은 고마운 존재이기 때문에 기본 예의를 갖춰야 한다는 걸 잊어버리고 말았다. 계속 하숙인들을 밀어내기에 바빴고, 결국 방문 앞에 다다른 하숙인들 중 가운데 선 신사가 발을 쿵쿵 굴러대며 아버지를 멈춰세우고야 말았다.

"이 자리에서 확실히 말해두겠습니다." 신사는 손을 들어 올리고는 어머니와 여동생을 힐끗 바라보며 자기 쪽을 향하게 했다. "이 집안 식구들 사이의 심히 불쾌한 상태를 깊이 생각해본 끝에 말씀드리는데요." 그는 이 말을 하고 별 생각 없이 내키는 대로 바닥에 침을 뱉었다. "당장 방을 빼겠습니다. 이제껏 머문 방세는 한 푼도 낼 수 없는 건 당연하고요. 당신들에게 손해배상 청구를 하는 것도 고려해볼 생각입니다. 정말입니다. 무슨 이유든 쉽게 찾을 수 있으니까요." 여기까지 말한 신사는 아무 말 없이 무언가를 기대한다는 듯 앞을 똑바로 바라보았다.

그러자 옆에 있던 두 친구도 맞장구를 쳤다. "우리도 당장 방을 빼겠습니다." 그러고는 문을 쾅 닫아버렸다.

아버지는 더듬거리는 손으로 비틀비틀 소파로 다가가서는 풀썩 주저앉았다. 아버지가 팔다리를 내려뜨린 모습은 평상시 습관대로 저녁에 잠든 것처럼 보였다. 하지만 목을 가누지 못하는 듯 심하게 고개를 끄덕이는 것을 보아 잠든 것은 전혀 아니었다.

그동안 그레고르는 신사들이 그를 발견한 바로 그 바닥에 가만히 엎드려 있었다. 자신의 계획이 실패해서 너무나 실망스럽기도 했지만, 또 굶었기 때문에 몸이 쇠약해진 탓도 있어서인지 움직일 수가 없었다. 이제 곧 그에게 물건이란 물건은 마구 던져져서 몸이 부서질 거라는 확실한 느낌이 들었고, 그 순간을 기다렸다. 떨고 있는 어머니의 손 밑에서 무릎 아래로 떨어진 바이올린이 내는 소리가 울려퍼졌지만 그는 전혀 놀라지 않았다.

"아버지, 어머니." 여동생은 입을 열더니 말을 시작하기에 앞서 탁자를 내리쳤다. "더 이상은 안 되겠어요. 두 분은 아직 현실을 직시하지 못했는지 모르지만 저는 똑똑히 알겠어요. 저는 저 짐승을 우리 오빠라고 부르고 싶지 않아요. 그러니까 하는 말인데요, 우리는 저걸 내쫓아야 해요. 그동안 돌봐주고 참아줬으니 인간으로서 할 만큼 다 했어요. 우리한테 뭐라고 할 사람은 아무도 없을 거예요."

"저 애 말이 백 번 맞아." 아버지가 중얼거렸다.

아직도 제대로 숨을 쉬지 못하는 어머니는 정신이 나간 듯한 눈빛이 되어 손으로 입을 막고 거칠게 기침을 하기 시작했다.

여동생이 어머니에게 달려가 이마에 손을 짚었다. 아버지는 여동생의 말을 듣고 무슨 결정을 한 모양이었다. 자리에서 똑바로 일어서더니 하숙인들이 탁자에 남기고 간 접시 사이로 제복 모자를 털면서 이따금씩 가만히 있는 그레고르를 쳐다보았다.

"우리는 저걸 내쫓아야 해요." 여동생은 이제 아버지에게만 말하고 있었다. 어머니는 기침을 하느라 그 말을 듣지 못하기 때문이었다. "저것 때문에 두 분은 오래 살지 못하실 거라고요. 빤하잖아요. 우리처럼 힘들게 일하는 사람들이 집에 와서는 또 저런 끝도 없는 고문을 어떻게 다시 견딜 수 있겠어요. 저도 이제 더 이상은 못 하겠어요." 여동생은 울음을 터뜨렸다. 그 애가 기계적인 손짓으로 닦아내는 눈물이 어머니의 얼굴로 흘렀다.

"얘야." 아버지가 안쓰러운 기색이 역력한 표정으로 동정하듯 말했다. "하지만 우리가 어떻게 해야 하겠니?"

여동생은 어쩔 줄 모르겠다는 표정으로 어깨를 으쓱였다. 우는 동안 아까 보여준 확신에 찬 모습과 정반대가 되었다.

"쟤가 우리 말을 알아듣는다면…." 아버지는 그렇지 않겠느냐고 질문하듯 말을 건넸다. 여동생은 울다 말고 그런 건 생각하지도 말라는 듯이 격렬하게 손을 휘저었다.

"쟤가 우리 말을 알아듣는다면 같이 합의를 하는 것도 가능하지 않겠니. 하지만 상황이…." 아까 꺼낸 말을 반복한 아버지는 눈을 감으며 절대 그럴 리 없다는 여동생의 확신을 인정했다.

여동생이 언성을 높여 말했다. "여기서 나가야죠. 그 방법밖에 없어요, 아버지. 저게 그레고르 오빠라는 생각은 버리셔야 해요. 우리가 너무 오랫동안 그렇게 믿은 게 화근이에요. 저게 어떻게 그레고르 오빠일 수 있어요? 정말로 그레고르 오빠가 맞는다면 자기 같은 짐승과 사람이 같이 살 수 없다는 걸 예전에 깨달았어야죠. 그래서 제 발로 나갔어야 했다고요. 그러면 우리는 오빠가 없는 게 되었겠지만, 그래도 오빠의 추억을 아름답게 간직하며 살았을 거라고요. 하지만 지금 이 짐승은 우리를 따라다니면서 하숙하는 사람을 내쫓고 있어요. 그리고 이 집을 전부 차지하면 우리는 길거리에서 자야 할 거라고요. 저길 보세요, 아버지." 여동생이 갑자기 소리를 질렀다. "또 시작이에요!"

그레고르가 보기에는 이해할 수 없을 정도로 동생은 겁에 질려 있었다. 그 애는 그레고르 가까이에 있느니 차라리 어머니를 희생양으로 삼겠다는 듯이 의자에 앉은 어머니를 내버려두고 몸을 휙 빼서 아버지 뒤로 달려갔다. 여동생의 행동에 흥분한 아버지 역시 일어서서 여동생을 보호하겠다는 듯이 팔을 반쯤 들어 올렸다.

하지만 그레고르는 아무에게도 겁을 줄 마음이 없었다. 더군다나 여동생에게 그럴 리가 있겠는가. 다만 자기 방으로 돌아가려고 방향을 돌리기 시작했을 뿐이었다. 하지만 이런 행동은 눈에 띄지 않을 수가 없었다. 부상을 입은 상태라 방향 전환이 어려워서 머리를 움직여야만 방향을 바꿀 수 있었다. 그는 몇 번이고 거듭해서 머리를 바닥에 내리찧었다. 그리고 잠시 멈춘 후 주위를 둘러보았다. 자기가 좋은 뜻으로 이런

다는 걸 알아준 것도 같았다. 겁을 먹은 건 아주 잠깐이었을 뿐이다. 이제 다들 아무 말 없이 슬픈 눈빛으로 그를 바라보고 있었다. 어머니는 소파에 앉아서 쭉 뻗은 다리를 붙이고 앉은 채 지친 모습으로 눈을 거의 뜨지 못했다. 여동생은 아버지와 나란히 앉아서 한 손으로 아버지의 목을 감싸고 있었다.

'이제 방향을 바꿔도 괜찮겠지.'

그레고르는 이렇게 생각하고 하던 일을 계속했다. 그는 애쓰는 와중에 나오는 쉿쉿 소리를 완전히 억누를 수가 없었다. 중간에 몇 번이고 쉬기도 해야 했다. 다행히 아무도 그를 위협하지 않았다. 그저 모든 걸 그가 알아서 하도록 내버려둘 뿐이었다. 마침내 완전히 방향을 돌리자 그는 곧장 돌아가기 시작했다. 그런데 자신의 방이 얼마나 멀리 떨어져 있는지 깨닫고서 깜짝 놀랐다. 지금처럼 약한 몸으로 어떻게 아무에게도 들키지 않고 똑같은 거리를 올 수 있었는지 이해할 수가 없었다.

그는 기어가는 데만 끈질기게 집중해서 최대한 빠른 속도로 움직였다. 가족이 그를 향해 한마디도

하지 않고 소리 한 번 지르지 않았다는 사실은 신경 쓰지 않았다. 마침내 방문에 다다랐을 때에야 겨우 돌아보았다. 목이 뻣뻣해지는 느낌이라 고개를 전부 돌릴 수는 없었다. 그렇지만 그의 뒤에 있는 광경이 전혀 변하지 않았다는 걸 볼 수 있었다. 동생만 일어서 있을 뿐이었다. 그가 마지막으로 눈에 흘끗 담은 것은 이제 완전히 잠든 어머니의 모습이었다.

그가 방 안에 들어가자마자 문이 급히 닫히더니 빗장이 질러지고 자물쇠가 잠겼다. 뒤에서 갑자기 들려온 큰 소리에 그레고르는 너무 놀라서 그만 자그마한 다리들이 꺾이고야 말았다. 이렇게 재빨리 행동한 건 여동생이었다. 일어서서 기다리다가 살금살금 앞으로 튀어나왔기 때문에 그레고르는 그 애가 다가오는 소리를 듣지 못했던 것이다.

"이제 됐어요!" 여동생이 열쇠로 잠금 장치를 돌리면서 부모님에게 소리쳤다.

"그럼 이제 어떡하지?"

그레고르는 어둠 속을 둘러보며 되뇌었다. 순간 그는 자신이 더 이상 조금도 움직일 수 없다는 사실을 알아챘다. 놀랄 것도 없었다. 오히려 지금까지 이 작고 가는 다리들로 몸을 지탱해올 수 있었다는 사실이 비현실처럼 느껴졌다. 다른 부분은 상대적으로 편안했다. 분명히 온몸에 고통을 느끼기는 했지만 그 고통은 점차 계속 약해지는 것처럼 느껴졌고, 결국은 모두 다 희미하게 사라졌다. 등에 박힌 썩은 사과와 그 주위에 염증이 난 부분은 부드러운 먼지가 소복이 쌓여 있을 뿐 이젠 아무렇지도 않았다.

그는 벅찬 마음으로 사랑을 담아 가족들을 떠올렸다. 자신이 사라져야 한다는 건 여동생보다도 그 자신이 훨씬 더 단호하게 그래야 한다고 생각했다. 그는 이렇듯 텅 비고 평온하게 회상하는 상태로 가만히 있었고, 그러는 동안 종탑의 시계가 새벽 3시를 쳤다. 창문 너머로 바깥이 서서히 밝아오기 시작할 때까지 그는 살아 있었다. 이윽고 그의 머리가 힘없이 완전히 아래로 수그러들었고, 콧구멍에서는 마지막 숨이 약하게 뿜어져나왔다.

다음 날 아침 일찍 파출부가 왔다. 가끔 그러지 말라는 부탁을 듣기는 했지만, 그날도 엄청나게 센

힘으로 문이란 문을 전부 급하게 쾅 닫아서, 그녀가
도착하면 집 안 어디에서도 더 이상 조용히 잘 수가
없었다. 그녀는 여느 때처럼 그레고르의 방부터 들여
다보았다. 그레고르가 가만히 있는 것을 보고 뭔가
마음이 상해서 일부러 그런다고 생각했다. 그녀는 그
레고르가 이해력이 결코 뒤떨어지지 않는다고 굳게
믿었다. 마침 손에 든 긴 빗자루로 그레고르를 문간
에서 떼어내려고 간지럽혀보았다. 그런데 아무런 반
응이 없자 화가 나서 그레고르를 살짝 찔렀다. 그가
아무런 저항도 없이 있던 자리에서 그대로 밀려나자
비로소 정신이 들기 시작했다. 곧 상황을 파악하고는
눈을 크게 뜬 채 낮은 목소리를 헉 내지르며 침실 문
을 열어젖히고 컴컴한 방 안을 향해 큰 소리를 질러
댔다. "와서 좀 보세요. 그게 뒈졌어요. 완전히 뒈져
서 누웠다고요!"

잠자 부부는 침대에 똑바로 앉아서 파출부를 보고
깜짝 놀란 마음을 진정하느라 정신이 없었다. 그녀가
전한 말을 이해한 건 그다음이었다. 이윽고 잠자 씨
와 잠자 부인은 침대 양옆으로 서둘러 내려왔다. 잠자

씨는 어깨에 이불을 걸쳤지만 잠자 부인은 그저 잠옷만 입은 채로 나왔다. 그동안 거실 쪽 문이 열리더니 그레테가 나왔다. 그 애는 하숙인을 들인 후부터 거실에서 잤던 것이다. 그레테가 옷을 완전히 갖춰입은 모습은 마치 밤새도록 한숨도 자지 못한 것 같았다. 실제로 잠을 못 잔 듯 얼굴빛이 창백했다.

"죽었다고?" 잠자 부인이 대답을 바라는 듯 파출부를 바라보며 물었다.

그렇지만 이제는 부인이 직접 알아볼 수도 있는 일이었고, 사실 군이 조사하지 않아도 상황을 파악할 수 있었다.

"그런 것 같은데요." 파출부는 자신의 말을 증명하듯 그레고르의 시체를 빗자루로 저만치 밀었다.

잠자 부인은 빗자루를 막으려는 듯 움직였지만 정말로 막지는 않았다.

"이제는 신에게 감사드릴 수 있겠군." 잠자 씨가 말하며 성호를 긋자 여자들도 똑같이 따라 했다.

그레테는 그의 시체에서 눈을 떼지 못하며 말했다. "오빠가 얼마나 말랐는지 보세요. 정말 오랫동안 아

무엇도 먹지 않았잖아요. 넣어준 음식이 그대로 나오
곤 했으니까요."

정말로 그레고르의 몸은 완전히 납작해져서 바싹
말라 있었다. 하지만 아무도 지금까지 그 사실을 알
지 못했다. 지금은 작은 다리들로 몸을 받치고 있지
않은 데다 시선을 방해할 만한 것도 없었기 때문에
알게 된 것이었다.

"이리 오렴, 그레테. 잠깐만 우리와 들어와 있자구
나." 잠자 부인이 우울한 미소를 지으며 말했다.

그레테는 시신을 돌아본 후에 부모님을 따라 침실
로 들어갔다. 파출부는 문을 닫고 창문을 활짝 열었
다. 이른 아침이지만 상쾌한 공기는 벌써 따스한 기
운을 담고 있었다. 이미 3월 말이었으니까.

그때 하숙인 셋이 방에서 나와 놀란 기색으로 아침
식사가 어디 있는지 찾았다. 식사 준비를 잊어버렸던
것이다.

"아침은 어디 있습니까?" 가운데 있는 신사가 언
짢은 투로 파출부에게 물었다.

그녀는 입에 손가락을 대고 아무 말 없이 신사들에

게 이리 오라고 손짓했다. 그들은 기꺼이 그레고르의 방으로 다가갔다. 방 안으로 들어가서는 살짝 닳은 감이 있는 겉옷 주머니에 손을 넣은 채 이제는 완전히 환해진 방 안에 있는 그레고르의 시신 주위에 둘러섰다.

그때 침실 문이 열리더니 제복 재킷을 입은 잠자 씨가 한쪽 팔에는 아내를, 다른 쪽 팔에는 딸을 대동하고 나타났다. 모두가 조금씩 운 모습이었다. 그레테는 아버지의 팔에 얼굴을 누르고 있었다.

"당장 내 집에서 나가요!" 잠자 씨는 냉정하게 말하며 문을 가리켰다. 여자들은 계속 그의 곁에 서 있었다.

"무슨 말씀이십니까?" 가운데 있는 신사가 어안이 벙벙한 채로 상냥하게 웃으면서 물었다.

다른 신사 둘이 뒷짐 진 손을 계속해서 문질러대는 모습은 마치 커다란 싸움이 일어나도 결국 자신들에게 유리한 쪽으로 기울 거라는 기분 좋은 예상을 하는 듯했다.

"지금 말한 그대로요."

잠자 씨는 옆에 서 있는 식구들과 함께 하숙인들에

게 다가갔다. 신사는 가만히 그 자리에 서서 그제야 달라진 상황을 파악한 것처럼 바닥을 내려다보았다.

"그러면 우리는 나가겠습니다." 그는 대답하고 나서 잠자 씨를 바라보았다.

그 모습이란 마치 갑자기 겸손함에 사로잡혀서 이렇게 떠나는 것조차 새롭게 허락받기를 기다리는 것처럼 보였다. 잠자 씨는 눈을 부릅뜬 채 그쪽으로 몇 번 짧게 고개를 끄덕일 뿐이었다. 신사는 성큼성큼 현관 쪽으로 다가갔다. 두 친구 역시 잠시 손을 모으고 대화를 열심히 듣다가 신사의 뒤를 따라 급한 발걸음으로 종종걸음을 쳤다. 잠자 씨가 현관 쪽으로 가는 그들의 길을 가로막을지도 모른다고 겁을 내는 듯한 모습이었다.

현관 앞에 다다른 셋은 옷걸이에서 모자를 꺼내고 지팡이 보관함에서 지팡이를 꺼낸 다음 아무 말 없이 허리를 굽혀 인사하고는 집을 떠났다. 뻔히 보이는 상황인데도 그걸 믿지 못하고 근거 없는 불신에 사로잡힌 잠자 씨는 두 여자와 함께 계단 앞으로 나왔다. 층계 난간에 기대어 세 신사가 느리지만 확고한

발걸음으로 길게 뻗은 계단을 내려가는 모습을 지켜
보았다. 그들은 매 층마다 꺾어지는 곳에서 사라졌다
가 조금 뒤 다시 모습을 드러냈다. 신사들이 아래로
내려갈수록 잠자 씨 가족의 흥미도 사라져갔다.

이윽고 그들 곁으로 정육점에 다니는 견습생이 지
나가자, 잠자 씨와 여자들은 계단 난간에서 몸을 일
으키고는 한결 가벼워진 듯한 태도로 돌아갔다.

그들은 그날 하루를 쉬면서 산책을 나가기로 마음
먹었다. 오늘 하루는 일을 안 하고 쉴 만한 자격이 있
을 뿐 아니라 그렇게 쉬는 게 반드시 필요하기도 했
다. 세 사람은 탁자에 앉아 세 통의 결근계를 썼다.
잠자 씨는 상관에게, 잠자 부인은 사장에게, 그레테
는 관리자에게 보낼 터였다. 그들이 결근계를 쓰는
동안 파출부가 와서 아침 일과가 끝났으므로 이제 가
겠다고 말했다. 세 사람은 그녀를 올려다보지도 않고
그저 고개를 끄덕일 뿐이었다. 하지만 파출부가 나가
려 들지 않자 잠자 씨가 짜증스러운 눈초리로 올려다
보고 물었다. "뭐요?"

파출부는 문간에 서서 미소를 지었다. 자신이 아주

커다란 행운을 알려줄 참인데 제대로 질문하기 전에는 말하지 않겠다는 태도였다. 그녀의 모자에는 자그마한 타조 깃털이 수직으로 꽂혀 있었는데, 잠자 씨는 그녀가 이 집에서 일하는 동안 사방으로 흔들리는 그 깃털 때문에 짜증이 났다.

"무슨 일로 그러나요?" 이번에는 잠자 부인이 물었다.

파출부는 잠자 부인에게 가장 큰 존경심을 품고 있었다. "저, 그게요…." 그녀는 사람 좋은 웃음을 짓느라 곧바로 말을 잇지 못했다. "옆방의 저것을 어떻게 치울까 걱정할 필요 없다는 말씀을 드리려고요. 제가 벌써 다 정리했거든요."

잠자 부인과 그레테는 계속 글을 쓰고 싶다는 듯이 쓰고 있던 편지에 더욱 고개를 숙였다. 잠자 씨는 파출부가 이제부터 자세하게 설명하기 시작하려는 것을 알고는 그 자리에서 손을 뻗어 거절했다.

하고 싶은 말을 끝내지 못한 그녀는 자기도 할 일이 많다는 것이 생각났고 기분이 상한 태도로 소리쳤다. "그럼 모두들 안녕히 계세요." 그러곤 휙 돌아서서 무시무시할 정도로 문을 세게 닫으며 집을 나갔다.

"오늘 밤에 내보내야겠어."

잠자 씨는 이렇게 말했지만 아내도 딸도 아무런 대답이 없었다. 그들이 모처럼 얻은 평안함을 파출부가 방해하고 간 것처럼 보였다. 모녀는 자리에서 일어나 창문으로 다가가서는 서로 얼싸안은 채 가만히 있었다.

잠자 씨는 소파로 돌아가 잠시 동안 모녀를 지켜보다가 소리쳤다. "그만 이리로 와요. 이제 지난 일은 더 이상 신경 쓰지 말고. 이제 내 생각도 좀 해줘야지."

여자들은 서둘러 잠자 씨에게 돌아와 그를 어루만지고는 쓰던 결근계를 계속 썼다.

그러고 나서 셋이 함께 집을 나섰다. 몇 달 동안 하지 못한 일이었다. 그들은 전차를 타고 도시를 벗어나 탁 트인 자연으로 향했다. 세 식구만 앉아 있는 객차 안으로 따스한 햇살이 비쳐들었다. 그들은 의자에 편히 기대어앉아 앞날의 전망에 대해 이야기했다. 자세히 생각해보니 앞날은 전혀 나쁘지 않은 듯했다. 세 식구 모두 일자리가 있었다. 이제껏 제대로 이야기를 나눠보지 못한 부분이었다. 일자리는 조건이 괜찮았고 나중에 더 잘될 가능성도 있었다. 물론 새로운 집으로 이사 가면 그들의 상황을 아주 쉽고도 엄청나게 개선할 수 있었다. 그레고르가 식구들을 위해서 고른 지금의 집보다 작고 집세가 싸지만 더 편리하고 무엇보다 실용적인 집을 찾고 싶었다.

이야기를 나누는 동안 잠자 씨와 잠자 부인은 점점 생기를 띠어가는 딸을 보고서 동시에 같은 생각을 했다. 요새 만사를 돌보느라 얼굴빛이 창백해졌는데도 이 아이는 아름답고 탐스럽게 피어나는 아가씨가 되었구나. 부부는 점점 말수가 적어졌고, 지금은 거의 눈빛을 주고받는 수준으로만 무의식으로 소통하며 이제 딸을 위해 괜찮은 남자를 찾아줘야 할 때가 되었다는 생각을 했다. 이윽고 목적지에 도착하여 맨처음으로 딸이 차에서 가볍게 뛰어내려 그녀의 젊은 몸을 쭉 폈을 때, 그들에게는 새로운 꿈과 밝은 앞날에 대한 확신이 있었다.

프란츠 카프카

Franz Kafka, 1883~1924

오스트리아-헝가리 제국(지금의 체코) 프라하의 유대인 가정에서 태어났다. 카프카는 유대인 공동체의 의례를 지키는 집안에서 자라기는 했지만 언어나 문화적으로는 독일인에 더 가까웠다. 그러나 유대인이기 때문에 프라하의 주류를 이루는 독일인 사회에서는 고립되어 있었다. 독선적인 아버지와는 사이가 좋지 않았고 두 형이 일찍 죽었기 때문에 평생 맏이 역할을 하며 살아야 했다. 아버지가 원하던 대로 대학에서 법학을 전공한 뒤에 법원 시보를 거쳐 보험 회사에 취직했다. 준국가기관인 보헤미아 왕국 노동자 상해 보험 회사에서 법률 고문으로 일하는 동안 그는 오후 2시에 퇴근해 밤늦도록 글을 쓰는 생활을 이어나갔다. 카프카의 작품은 주로 환상적인 이야기를 통해 인간의 실존에 대해 깊이 탐구한다. 1917년 폐결핵 진단을 받아 병가를 얻어 요양을 하며 장편소설과 단편소설을 남겼다. 그러나 의사의 진단을 거부한 끝에 병세가 악화되어 결국 회사를 그만두고 빈 교외의 요양원에 들어가 그곳에서 세상을 떠났다.

변신

2017년 2월 2일 1판 1쇄 발행
2024년 12월 20일   3쇄 발행

지 은 이 프란츠 카프카

옮 긴 이 심연희

발 행 인 이상영

편 집 장 서상민

편 집 인 이다인, 한성옥, 이경은

디 자 인 서상민, 오소명

마 케 팅 박진솔

펴 낸 곳 디자인이음

등 록 일 2009년 2월 4일:제300-2009-10호

주   소 서울시 종로구 효자동 62

전   화 02-723-2556

메   일 designeum@naver.com

blog.naver.com/designeum

instagram.com/design_eum